Edition originale in-12,
publiée un an après l'in-4°.
(Bibliothèque de M. Rondel)

ATHALIE
TRAGEDIE,

Tirée de l'Ecriture ſainte.

A PARIS,
Chez CLAUDE BARBIN, au Palais, ſur le Perron de la Sainte Chapelle.

M. DC. XCII.

AVEC PRIVILEGE DU ROY.

PREFACE.

TOUT le monde ſçait que le Royaume de Juda eſtoit composé des deux Tribus de Juda & de Benjamin, & que les dix autres Tribus qui ſe revolterent contre Roboam, composoient le Royaume d'Iſraël. Comme les Rois de Juda eſtoient de la Maiſon de David, & qu'ils avoient dans leur partage la Ville & le Temple de Jeruſalem, tout ce qu'il y avoit de Preſtres & de Lévites ſe retirerent auprés d'eux, & leur demeurerent toûjours attachez. Car depuis que le Temple de Salomon fut baſti, il n'eſtoit plus permis de ſacrifier ailleurs, & tous ces autres Autels qu'on élevoit à Dieu ſur des montagnes, appellez par cette raiſon dans l'Ecriture les hauts Lieux, ne luy eſtoient point agréables. Ainſi le culte legitime ne ſubſiſtoit plus que dans Juda. Les dix Tribus, excepté un tres-petit nombre de perſonnes, eſtoient ou Idolâtres ou Schiſmatiques.

Au reste ces Prestres & ces Lévites faisoient eux-mêmes une Tribu fort nombreuse. Ils furent partagez en diverses Classes pour servir tour à tour dans le Temple, d'un jour de Sabbath à l'autre. Les Prestres estoient de la Famille d'Aaron, & il n'y avoit que ceux de cette Famille, lesquels pussent exercer la sacrificature. Les Lévites leur estoient subordonnez, & avoient soin entre autres choses du chant, de la préparation des victimes, & de la garde du Temple. Ce nom de Lévite ne laisse pas d'estre donné quelquefois indifferemment à tous ceux de la Tribu. Ceux qui estoient en semaine avoient, ainsi que le grand Prestre, leur logement dans les portiques ou galeries, dont le Temple estoit environné, & qui faisoient partie du Temple même. Tout l'édifice s'appelloit en general le Lieu saint. Mais on appelloit plus particulierement de ce nom cette partie du Temple interieur où estoit le Chandelier d'or, l'Autel des parfums, & les Tables des pains de proposition. Et cette partie estoit encore distinguée du Saint des Saints, où estoit l'Arche, & où le grand Prestre seul avoit droit d'entrer une fois l'année. C'estoit une Tradition assez constante que la Montagne sur laquelle le Temple fut basti, estoit la même Montagne, où Abraham avoit autrefois offert en sacrifice son fils Isaac.

J'ay cru devoir expliquer icy ces particularitez, afin que ceux à qui l'Histoire de l'ancien Testament ne sera pas assez presente, n'en soient point arrestez en lisant cette Tragedie. Elle a pour sujet, Joas reconnu & mis sur le Thrône; & j'aurois dû dans les regles l'intituler Joas. Mais la plusspart du monde n'en ayant entendu parler que sous le nom d'Athalie, je n'ay pas jugé à propos de la leur présenter sous un autre titre, puisque d'ailleurs Athalie y joüe un personnage si considerable, & que c'est sa mort qui termine la Piece. Voicy une partie des principaux évenemens qui devancerent cette grande action.

Joram Roy de Juda, fils de Josaphat, & le septiéme Roy de la race de David, épousa Athalie fille d'Achab & de Jézabel, qui regnoient en Israël, fameux l'un & l'autre, mais principalement Jézabel, par leurs sanglantes persecutions contre les Prophetes. Athalie, non moins impie que ſa Mere, entraîna bien-toſt le Roy ſon Mary dans l'Idolatrie, & fit même conſtruire dans Jeruſalem un Temple à Baal, qui eſtoit le Dieu du païs de Tyr & de Sidon, où Jézabel avoit pris naiſſance. Joram, aprés avoir veu perir par les mains des Arabes & des Philiſtins tous les Princes ſes Enfans à la reſerve d'Okoſias, mourut luy-même miſerablement d'une longue maladie qui luy conſuma les entrailles. Sa mort funeſte n'empêcha pas Okoſias d'imiter ſon impieté & celle d'Athalie ſa mere. Mais ce Prince, aprés avoir regné ſeulement un an, eſtant allé rendre viſite au Roy d'Iſraël frere d'Athalie, fut enveloppé dans la ruine de la Maiſon d'Achab, & tué par l'ordre de Jehu, que Dieu avoit fait ſacrer par ſes Prophetes, pour regner ſur Iſraël, & pour eſtre le Miniſtre de ſes vangeances. Jéhu extermina toute la poſterité d'Achab, & fit jetter par les feneſtres Jézabel, qui ſelon la prédiction d'Elie, fut mangée des chiens dans la vigne de ce même Naboth, qu'elle avoit fait mourir autrefois pour s'emparer de ſon heritage. Athalie ayant appris à Jeruſalem tous ces maſſacres, entreprit de ſon coſté d'éteindre entierement la Race royale de David, en faisant mourir tous les Enfans d'Okoſias ſes Petits-fils. Mais heureuſement Joſabet ſœur d'Okoſias, & fille de Joram, mais d'une autre mere qu'Athalie, eſtant arrivée lors qu'on égorgeoit les Princes ſes Neveux, elle trouva moyen de dérober du milieu des morts le petit Joas encore à la mammelle, & le confia avec ſa Nourrice au grand Preſtre ſon mary qui les cacha tous deux dans le Temple, où l'Enfant fut élevé ſecretement juſqu'au jour qu'il fut proclamé Roy de Juda. L'Hiſtoire des Rois dit que ce fut la ſeptiéme année d'aprés. Mais le Texte grec des Paralipomenes que Severe Sulpice a ſuivi, dit que ce fut la huitiéme. C'eſt ce qui m'a autoriſé à donner à ce Prince neuf à dix ans, pour le mettre déja en eſtat de répondre aux queſtions qu'on luy fait.

Je croy ne lui avoir rien fait dire, qui ſoit au deſſus de la portée d'un enfant de cet âge, qui a de l'eſprit & de la memoire. Mais quand j'aurois eſté un peu au-delà, il faut conſiderer que c'eſt icy un Enfant tout extraordinaire, élevé dans le Temple par un grand Preſtre qui le regardant comme l'unique eſperance de sa Nation, l'avoit instruit de bonne heure dans tous les devoirs de la Religion & de la Royauté. Il n'en estoit pas de même des Enfans des Juifs, que de la pluspart des nôtres. On leur apprenoit les saintes Lettres non seulement dés qu'ils avoient atteint l'usage de la raison, mais, pour me servir de l'expression de S. Paul, dés la mammelle. Chaque Juif estoit obligé d'écrire une fois en sa vie de sa propre main le volume de la Loy tout entier. Les Rois estoient même obligez de l'écrire deux fois, & il leur estoit enjoint de l'avoir continuellement devant les yeux. Je puis dire icy que la France voit en la personne d'un Prince de huit ans & demi, qui fait aujourd'huy ses plus cheres délices, un exemple illustre de ce que peut dans un Enfant un heureux naturel aidé d'une excellente éducation : & que si j'avois donné au petit Joas la même vivacité & le même discernement qui brille dans les reparties de ce jeune Prince, on m'auroit accusé avec raison d'avoir peché contre les régles de la vray-semblance.

L'âge de Zacharie fils du grand Prestre n'estant point marqué, on peut luy

luy ſuppoſer ſi l'on veut deux ou trois ans de plus qu'à Joas.

J'ay ſuivi l'explication de pluſieurs Commentateurs fort habiles, qui prouvent par le Texte même de l'Ecriture, que tous ces ſoldats à qui Joïada, ou Joad, comme il eſt appellé dans Joſephe, fit prendre les armes conſacrées à Dieu par David, eſtoient autant de Preſtres & de Lévites, auſſi-bien que les cinq Centeniers qui les commandoient. En effet, diſent ces Interpretes, tout devoit eſtre ſaint dans une ſi ſainte action, & aucun Profane n'y devoit eſtre employé. Il s'y agiſſoit non ſeulement de conſerver le ſceptre dans la maiſon de David, mais encore de conſerver à ce grand Roy cette ſuite de Deſcendans dont devoit naître le Meſſie. *Car ce Meſſie tant de fois promis comme Fils d'Abraham, devoit auſſi eſtre Fils de David & de tous les Rois de Juda.* De-là vient que * l'illuſtre & ſçavant Prélat, de qui j'ay emprunté ces paroles, appelle Joas le précieux reſte de la maiſon de David. Joſephe en parle dans les mêmes termes. Et l'Ecriture dit expreſſément, que Dieu n'extermina pas toute la famille de Joram, voulant

* *M. de Meaux.*

conſerver à David la Lampe qu'il lui avoit promiſe. Or cette Lampe qu'eſtoit-ce autre choſe que la lumiere qui devoit eſtre un jour révelée aux Nations ?

L'Hiſtoire ne ſpecifie point le jour où Joas fut proclamé. Quelques Interpretes veulent que ce fuſt un jour de Feſte. J'ay choiſi celle de la Pentecoſte, qui eſtoit l'une des trois grandes Feſtes des Juifs. On y celebroit la memoire de la publication de la Loy ſur le mont de Sinaï, & on y offroit auſſi à Dieu les premiers pains de la nouvelle moiſſon ; ce qui faiſoit qu'on la nommoit encore la Feſte des Prémices. J'ay ſongé que ces circonſtances me fourniroient quelque varieté pour les chants du Chœur.

Ce Chœur eſt composé de jeunes Filles de la Tribu de Levi, & je mets à leur teſte une Fille, que je donne pour ſœur à Zacharie. C'eſt elle qui introduit le Chœur chez ſa Mere : Elle chante avec lui, porte la parole pour lui, & fait enfin les fonctions de ce Perſonnage des anciens Chœurs qu'on appelloit le Coryphée. J'ay auſſi eſſayé d'imiter des Anciens cette continuité d'Action, qui fait que leur Théatre ne demeure jamais vuide ; les intervalles des Actes n'estant marquez que par des hymnes & par des moralitez du Chœur, qui ont rapport à ce qui se passe.

On me trouvera peut-estre un peu hardi d'avoir osé mettre sur la Scene un Prophete inspiré de Dieu, & qui prédit l'avenir. Mais j'ay eû la précaution de ne mettre dans sa bouche que des expressions tirées des Prophetes mêmes. Quoique l'Ecriture ne dise pas en termes exprés que Joïada ait eû l'esprit de prophetie, comme elle le dit de son Fils, elle le represente comme un homme tout plein de l'Esprit de Dieu. Et d'ailleurs ne paroist-il pas par l'Evangile qu'il a pû prophetiser en qualité de souverain Pontife ? Je suppose donc qu'il voit en esprit le funeste changement de Joas, qui aprés trente années d'un regne fort pieux, s'abandonna aux mauvais conseils des Flatteurs, & se soüilla du meurtre de Zacharie fils & successeur de ce grand Prestre. Ce meurtre commis dans le Temple fut une des principales causes de la colere de Dieu contre les Juifs, & de tous les malheurs qui leur arriverent dans la suite. On pretend même que depuis ce jour là les réponses de Dieu cesserent entierement dans le Sanctuaire. C'est ce qui m'a donné lieu de faire prédire tout de suite à Joad & la destruction du Temple & la ruine de Jerusalem. Mais comme les Prophetes joignent d'ordinaire les consolations aux menaces, & que d'ailleurs il s'agit de mettre sur le thrône un des Ancestres du Messie, j'ay pris occasion de faire entrevoir la venuë de ce Consolateur, aprés lequel tous les anciens Justes soûpiroient. Cette Scene, qui est une espece d'Episode, ameine tres-naturellement la Musique, par la coûtume qu'avoient plusieurs Prophetes d'entrer dans leurs saints transports au son des instrumens. Témoin cette troupe de Prophetes, qui vinrent au devant de Saül avec des harpes & des lyres, qu'on portoit devant eux, & témoin Elisée lui-même, qui estant consulté sur l'avenir par le Roy de Juda & par le Roy d'Israël, dit comme fait icy Joad, *Adducite mihi Psalten.* Ajoûtez à cela que cette Prophétie sert beaucoup à augmenter le trouble dans la Piece, par la consternation & par les differens mouvemens où elle jette le Chœur & les principaux Acteurs.

EXTRAIT

Extrait du Privilege du Roy.

PAR Lettres patentes du Roy en datte du 11. Decembre 1690. Signées BOUCHER : Il est permis au Sieur Racine, Gentilhomme ordinaire de sa Majesté, de faire imprimer la Tragedie qu'il a composée par ordre du Roy, intitulée *Athalie, tirée de l'Ecriture Sainte*, & ce pendant le temps de *dix années*, à commencer du jour qu'elle aura esté achevée d'imprimer pour la premiere fois. Avec défenses à toutes personnes, autres que ceux que ledit Sieur aura choisy, d'imprimer ladite Tragedie, ni mesme d'en vendre ou debiter des exemplaires qui pourroient estre contrefaits, à peine de confiscation desdits Exemplaires, de trois mille livres d'amande, & de tous dépens, dommages & interests, aux charges & conditions contenuës plus au long dans lesdites Lettres.

Registrées sur le Livre de la Communauté des Libraires & Imprimeurs de Paris, le 8. Fevrier 1691. *Signé*, P. AUBOÜYN, *Syndic.*

Ledit Sieur Racine a cedé le droit dudit Privilege à Denys Thierry Marchand Libraire-Imprimeur, & ancien Juge Consul de Paris, qui en a fait part à Claude Barbin aussi Marchand Libraire à Paris.

Achevé d'imprimer pour la premiere fois le 3. Mars 1691.

Les Noms des Personnages.

JOAS, Roy de Juda, fils d'Okoſias.

ATHALIE, Veuve de Joram, Ayeule de Joas.

JOAD, autrement JOIADA, Grand Preſtre.

JOSABET, Tante de Joas, Femme du Grand Preſtre.

ZACHARIE, fils de Joad & de Joſabet.

SALOMITH, Sœur de Zacharie.

ABNER, l'un des principaux Officiers des Rois de Juda.

AZARIAS.

ISMAEL,

ET LES TROIS AUTRES CHEFS des Preſtres & des Lévites.

MATHAN, Preſtre Apoſtat, Sacrificateur de Baal.

NABAL, Confident de Mathan.

AGAR, Femme de la ſuite d'Athalie.

TROUPE DE PRESTRES ET DE LEVITES.

SUITE D'ATHALIE.

LA NOURRICE de Joas.

CHOEUR de jeunes Filles de la Tribu de Lévi.

La Scene eſt dans le Temple de Jeruſalem, dans un Veſtibule de l'appartement du Grand Preſtre.

ATHALIE

ATHALIE TRAGEDIE.

ACTE PREMIER

SCENE PREMIERE.

JOAD. ABNER.

ABNER.

OUY, je viens dans son Temple adorer l'Eternel.
Je viens, selon l'usage antique & solemnel,
Celebrer avec vous la fameuse journée,
Où sur le mont Sina la Loy nous fut donnée.
Que les temps sont changez! Si tost que de ce jour
La trompette sacrée annonçoit le retour,
Du Temple orné par tout de festons magnifiques
Le peuple saint en foule inondoit les portiques;

Et tous devant l'Autel avec ordre introduits,
De leur champ dans leurs mains portant les nouveaux fruits,
Au Dieu de l'Univers consacroient ces prémices.
Les Prestres ne pouvoient suffire aux sacrifices.
L'audace d'une Femme arrestant ce concours
En des jours tenebreux a changé ces beaux jours.
D'Adorateurs zelez à peine un petit nombre
Ose des premiers temps nous retracer quelque ombre.
Le reste pour son Dieu montre un oubli fatal,
Ou même s'empressant aux autels de Baal,
Se fait initier à ses honteux mysteres,
Et blasphême le nom qu'ont invoqué leurs peres.
Je tremble, qu'Athalie, à ne vous rien cacher,
Vous mesme de l'Autel vous faisant arracher,
N'acheve enfin sur vous ses vangeances funestes
Et d'un respect forcé ne dépouille les restes.

JOAD.

D'où vous vient aujourd'huy ce noir pressentimẽ

ABNER.

Pensez-vous estre saint & juste impunément?
Dés long-temps elle hait cette fermeté rare

Qui rehausse en Joad l'éclat de la tiare.
Dés long-temps vostre amour pour la Religion
Est traité de revolte & de sedition.
Du merite éclatant cette Reine jalouse
Hait sur tout Josabet vostre fidelle épouse.
Si du grand Prestre Aaron Joad est successeur
De nostre dernier Roy Josabet est la sœur.
Mathan d'ailleurs, Mathan ce Prestre sacrilege
Plus méchant qu'Athalie à toute heure l'assiege,
Mathan de nos autels infame deserteur,
Et de toute vertu zelé persecuteur.
C'est peu que le front ceint d'une mître étrangere
Ce Lévite à Baal preste son ministere.
Ce Temple l'importune, & son impieté
Voudroit anéantir le Dieu qu'il a quitté.
Pour vous perdre, il n'est point de ressorts qu'il n'invente.
Quelquefois il vous plaint, souvent même il vous vante;
Il affecte pour vous une fausse douceur.
Et par-là de son fiel colorant la noirceur,
Tantost à cette Reine il vous peint redoutable.
Tantost voyant pour l'or sa soif insatiable,

Il luy feint, qu'en un lieu, que vous feul connoiffez,
Vous cachez des trefors par David amaffez.
Enfin depuis deux jours la fuperbe Athalie
Dans un fombre chagrin paroift enfevelie.
Je l'obfervois hier, & je voyois fes yeux
Lancer fur le Lieu faint des regards furieux;
Comme fi dans le fond de ce vafte édifice
Dieu cachoit un Vangeur armé pour fon fupplice.
Croyez-moy, plus j'y penfe, & moins je puis douter
Que fur vous fon courroux ne foit preft d'éclater,
Et que de Jézabel la fille fanguinaire
Ne vienne attaquer Dieu jufqu'en fon Sanctuaire.

JOAD.

Celuy qui met un frein à la fureur des flots
Sçait auffi des Méchans arrefter les complots.
Soûmis avec refpect à fa volonté fainte,
Je crains Dieu, cher Abner, & n'ay point d'autre crainte.
Cependant je rends grace au zele officieux
Qui fur tous mes perils vous fait ouvrir les yeux.
Je voy que l'injuftice en fecret vous irrite,
Que vous avez encor le cœur Ifraëlite.

Le Ciel en ſoit beni. Mais ce ſecret courroux,
Cette oiſive vertu, vous en contentez-vous ?
La foy qui n'agit point, eſt-ce une foy ſincere ?
Huit ans déja paſſez une impie Eſtrangere
Du ſceptre de David uſurpe tous les droits,
Se baigne impunément dans le ſang de nos Rois,
Des enfans de ſon fils déteſtable homicide,
Et même contre Dieu leve ſon bras perfide.
Et vous, l'un des ſoûtiens de ce tremblant Eſtat,
Vous nourri dans les camps du ſaint Roy Joſaphat,
Qui ſous ſon fils Joram commandiez nos armées,
Qui raſſûraſtes ſeul nos villes allarmées,
Lors que d'Okoſias le trépas imprévû
Diſperſa tout ſon camp à l'eſpect de Jéhu ;
Je crains Dieu, dites-vous, ſa verité me touche.
Voicy comme ce Dieu vous répond par ma bouche :
Du zele de ma loy que ſert de vous parer ?
Par de ſteriles vœux penſez-vous m'honorer ?
Quel fruit me revient-il de tous vos ſacrifices ?
Ay-je beſoin du ſang des boucs & des geniſſes ?
Le ſang de vos Rois crie, & n'eſt point écouté.

Rompez, rompez tout pacte avec l'impieté.
Du milieu de mon peuple exterminez les crimes;
Et vous viendrez alors m'immoler vos victimes.

ABNER.

Hé que puis-je au milieu de ce peuple abattu?
Benjamin est sans force, & Juda sans vertu.
Le jour qui de leurs Rois vit éteindre la race
Eteignit tout le feu de leur antique audace.
Dieu même, disent-ils, s'est retiré de nous.
De l'honneur des Hebreux autrefois si jaloux,
Il voit sans interest leur grandeur terrassée,
Et sa misericorde à la fin s'est lassée.
On ne voit plus pour nous ses redoutables mains
De merveilles sans nombre effrayer les humains.
L'Arche sainte est müette & ne rend plus d'oracles.

JOAD.

Et quel temps fut jamais si fertile en miracles?
Quand Dieu par plus d'effets montra-t-il son pouvoir?
Auras-tu dõc toûjours des yeux pour ne point voir,
Peuple ingrat? Quoy toûjours les plus grandes merveilles
Sans ébranler ton cœur frapperont tes oreilles?

Faut-il, Abner, faut-il vous rappeller le cours
Des prodiges fameux accomplis en nos jours ?
Des Tyrans d'Israël les celebres disgraces,
Et Dieu trouvé fidelle en toutes ses menaces ;
L'impie Achab détruit, & de son sang trempé
Le champ que par le meurtre il avoit usurpé ;
Prés de ce champ fatal Jézabel immolée,
Sous les piez des chevaux cette Reine foulée,
Dans son sang inhumain les chiens desalterez,
Et de son corps hideux les membres déchirez ;
Des Prophetes menteurs la troupe confonduë,
Et la flamme du Ciel sur l'autel descenduë ;
Elie aux élemens parlant en Souverain,
Les Cieux par luy fermez & devenus d'airain,
Et la terre trois ans sans pluye & sans rosée ;
Les morts se ranimans à la voix d'Elisée ;
Reconnoissez, Abner, à ces traits éclatans
Un Dieu, tel aujourd'huy qu'il fut dans tous les temps.
Il sçait quand il luy plaist faire éclater sa gloire,
Et son peuple est toûjours present à sa memoire.

ABNER.

Mais où sont ces honneurs à David tant promis,

Et prédits même encore à Salomon son fils ?
Helas ! Nous esperions que de leur race heureuse,
Devoit sortir de Rois une suite nombreuse,
Que sur toute tribu, sur toute nation
L'un d'eux établiroit sa domination,
Feroit cesser par tout la discorde & la guerre,
Et verroit à ses piez tous les Rois de la terre.

JOAD.

Aux promesses du Ciel pourquoy renoncez-vous ?

ABNER.

Ce Roy fils de David où le chercherons-nous ?
Le Ciel même peut-il reparer les ruïnes
De cét arbre séché jusques dans ses racines ?
Athalie étouffa l'enfant même au berceau.
Les morts aprés huit ans sortent-ils du tombeau ?
Ah ! Si dans sa fureur elle s'estoit trompée,
Si du sang de nos Rois quelque goutte échapée...

JOAD.

Hé bien ? Que feriez-vous ?

ABNER.

O jour heureux pour moy !
De quelle ardeur j'irois reconnoistre mon Roy !
Doutez-vous qu'à ses piez nos tribus empressées...

Mais pourquoy me flatter de ces vaines pensées ?
Déplorable héritier de ces Rois triomphans
Okosias restoit seul avec ses enfans.
Par les traits de Jéhu je vis percer le pere,
Vous avez veû les fils massacrez par la mere.

JOAD.

Je ne m'explique point. Mais quand l'astre du jour
Aura sur l'horison fait le tiers de son tour,
Lors que la troisiéme heure aux prieres rappelle,
Retrouvez-vous au Temple avec ce mesme zele.
Dieu pourra vous montrer par d'importans bienfaits
Que sa parole est stable, & ne trompe jamais.
Allez, pour ce grand jour il faut que je m'appreste,
Et du Temple déja l'aube blanchit le faiste.

ABNER.

Quel sera ce bienfait que je ne comprens pas !
L'illustre Josabet porte vers vous ses pas.
Je sors, & vais me joindre à la troupe fidelle
Qu'attire de ce jour la pompe solemnelle.

SCENE II.

JOAD. JOSABET.

JOAD.

LEs temps ſont accomplis, Princeſſe, il faut
parler,
Et voſtre heureux larcin ne ſe peut plus celer.
Des ennemis de Dieu la coupable inſolence
Abuſant contre luy de ce profond ſilence,
Accuſent trop long-temps ſes promeſſes d'erreur.
Que dis-je? Le ſuccés animant leur fureur
Juſques ſur noſtre Autel voſtre injuſte Marâtre
Veut offrir à Baal un encens idolâtre.
Montrons ce jeune Roy que vos mains ont ſauvé,
Sous l'aile du Seigneur dans le Temple elevé.
De nos Princes Hebreux il aura le courage,
Et déja ſon eſprit a devancé ſon âge.
Avant que ſon deſtin s'explique par ma voix,
Je vais l'offrir au Dieu par qui regnent les Rois.
Auſſi-toſt aſſemblant nos Levites, nos Preſtres,
Je leur declareray l'héritier de leurs Maiſtres.

JOSABET.

Sçait-il déja ſon nom, & ſon noble deſtin?

Mais quelque noble ardeur dont ils puiſſent brûler,
Peuvent-ils de leur Roy vanger ſeuls la querelle ?
Pour un ſi grand ouvrage eſt-ce aſſez de leur zele ?
Doutez-vous qu'Athalie, au premier bruit ſemé
Qu'un fils d'Okoſias eſt icy renfermé,
De ſes fiers Eſtrangers aſſemblant les cohortes,
N'environne le Temple & n'en briſe les portes ?
Suffira-t-il contre eux de vos Miniſtres ſaints,
Qui levant au Seigneur leurs innocentes mains
Ne ſçavent que gemir, & prier pour nos crimes,
Et n'ont jamais verſé que le ſang des Victimes ?
Peut-eſtre dans leurs bras Joas percé de coups...

JOAD,

Et comptez-vous pour rien Dieu qui combat pour nous ?
Dieu, qui de l'orphelin protege l'innocence,
Et fait dans la foibleſſe éclater ſa puiſſance ;
Dieu, qui hait les Tyrans, & qui dans Jezraël
Jura d'exterminer Achab & Jézabel ?
Dieu, qui frappant Joram le mary de leur fille
A juſques ſur ſon fils pourſuivi leur famille ;
Dieu, dont le bras vangeur, pour un temps ſuſpendu,

Sur cette race impie eſt toûjours étendu.

JOSABET.

Et c'eſt ſur tous ces Rois ſa juſtice ſévere
Que je crains pour le fils de mon malheureux frere.
Qui ſçait ſi cét enfant par leur crime entraiſné
Avec eux en naiſſant ne fut pas condamné?
Si Dieu le ſeparant d'une odieuſe race,
En faveur de David voudra luy faire grace?
Helas! l'eſtat horrible où le Ciel me l'offrit,
Revient à tout moment effrayer mon eſprit.
De Princes égorgez la chambre eſtoit remplie.
Un poignard à la main l'implacable Athalie
Au carnage animoit ſes barbares Soldats,
Et pourſuivoit le cours de ſes aſſaſſinats.
Joas laiſſé pour mort frappa ſoudain ma veuë.
Je me figure encor ſa Nourice éperduë,
Qui devant les Bourreaux s'eſtoit jettée en vain,
Et foible le tenoit renverſé ſur ſon ſein.
Je le pris tout ſanglant. En baignant ſon viſage
Mes pleurs du ſentiment luy rendirent l'uſage.
Et ſoit frayeur encore, ou pour me careſſer,
De ſes bras innocens je me ſentis preſſer.
Grand Dieu, que mon amour ne luy ſoit point funeſte.

Du fidelle David c'eſt le prétieux reſte.
Nouri dans ta maiſon en l'amour de ta Loy
Il ne connoiſt encor d'autre Pere que toy.
Sur le point d'attaquer une Reine homicide,
A l'aſpect du peril ſi ma foy s'intimide,
Si la chair & le ſang ſe troublant aujourd'huy
Ont trop de part aux pleurs que je répans pour luy;
Conſerve l'heritier de tes ſaintes promeſſes,
Et ne puni que moy de toutes mes foibleſſes.

JOAD.

Vos larmes, Joſabet, n'ont rien de criminel.
Mais Dieu veut qu'on eſpere en ſon ſoin paternel.
Il ne recherche point, aveugle en ſa colere,
Sur le fils qui le craint, l'impieté du pere.
Tout ce qui reſte encor de fidelles Hebreux
Luy viendrõt aujourd'huy renouveller leurs vœux.
Autant que de David la race eſt reſpectée,
Autant de Jezabel la fille eſt deteſtée.
Joas les touchera par ſa noble pudeur,
Où ſemble de ſon ſang reluire la ſplendeur.
Et Dieu par ſa voix même appuyant noſtre exemple,
De plus prés à leur cœur parlera dans ſon Temple.

Deux infidelles Rois tour à tour l'ont bravé.
Il faut que sur le thrône un Roy soit élevé,
Qui se souvienne un jour qu'au rang de ses Ancestres
Dieu l'a fait remonter par la main de ses Prestres,
L'a tiré par leur main de l'oubli du tombeau,
Et de David éteint rallumé le flambeau.

Grand Dieu, si tu prévois qu'indigne de sa race
Il doive de David abandonner la trace;
Qu'il soit comme le fruit en naissant arraché,
Ou qu'un souffle ennemi dans sa fleur a seché.
Mais si ce même Enfant à tes ordres docile,
Doit estre à tes desseins un instrument utile;
Fay qu'au juste héritier le sceptre soit remis.
Livre en mes foibles mains ses puissans ennemis.
Confons dans ses conseils une Reine cruelle.
Daigne, daigne, mon Dieu, sur Mathan & sur elle
Répandre cét esprit d'imprudence & d'erreur,
De la chûte des Rois funeste avancoureur.

L'heure me presse. Adieu. Des plus saintes familles
Vostre fils & sa sœur vous amenent les filles.

SCENE

Une autre voix seule.

Vous, qui ne connoissez qu'une crainte servile,
Ingrats, un Dieu si bon ne peut-il vous charmer ?
Est-il donc à vos cœurs, est-il si difficile
Et si pénible de l'aimer ?
L'esclave craint le tyran qui l'outrage.
Mais des enfans, l'amour est le partage.

Tout le Chœur.

O divine, ô charmante Loy, &c.

ACTE II.

SCENE PREMIERE.

JOSABET, SALOMITH, LE CHOEUR.

JOSABET.

Es filles, c'est assez, suspendez vos cantiques.

Il est temps de nous joindre aux prieres publiques.

Voicy nostre heure. Allons celebrer ce grand jour,

Et devant le Seigneur paroistre à nostre tour.

SCENE II.

ZACHARIE, JOSABET, SALOMITH, LE CHOEUR.

JOSABET.

MAis que vois-je? Mon fils, quel sujet vous rameine?

Où courez-vous ainsi tout pâle & hors d'haleine?

ZACHARIE.

O ma Mere!

JOSABET.

Hé bien, quoy ?

ZACHARIE.

Le Temple est profané.

JOSABET.

Comment ?

ZACHARIE.

Et du Seigneur l'Autel abandonné.

JOSABET.

Je tremble. Hastez-vous d'éclaircir vostre mere.

ZACHARIE.

Déja, selon la loy, le grand Prestre mon pere,
Aprés avoir au Dieu qui nourit les humains
De la Moisson nouvelle offert les premiers pains,
Luy présentoit encore entre ses mains sanglantes
Des victimes de paix les entrailles fumantes.
Debout à ses costez le jeune Eliacin
Comme moy le servoit en long habit de lin,
Et cependant, du sang de la chair immolée
Les Prestres arrosoient l'Autel & l'assemblée.
Un bruit confus s'éleve, & du peuple surpris
Détourne tout à coup les yeux & les esprits.
Une Femme... Peut-on la nommer sans blasphême ?

Une Femme... C'eſtoit Athalie elle-même.

JOSABET.

Ciel !

ZACHARIE.

Dans un des parvis aux hommes reſervé
Cette Femme ſuperbe entre le front levé,
Et ſe préparoit même à paſſer les limites
De l'enceinte ſacrée ouverte aux ſeuls Lévites.
Le peuple s'épouvante & fuit de toutes parts.
Mon pere ... Ah quel courroux animoit ſes regards !
Moïſe à Pharaon parut moins formidable.
Reine, ſors, a-t-il dit, de ce lieu redoutable,
D'où te bannit ton ſexe & ton impieté.
Viens-tu du Dieu vivant braver la majeſté ?
La Reine alors ſur luy jettant un œil farouche
Pour blaſphémer ſans doute ouvroit déja la bouche.
J'ignore ſi de Dieu l'Ange ſe dévoilant
Eſt venu luy montrer un glaive étincelant.
Mais ſa langue en ſa bouche à l'inſtant s'eſt glacée,
Et toute ſon audace a paru terraſſée.
Ses yeux comme effrayez n'oſoient ſe détourner.
Sur tout Eliacin paroiſſoit l'étonner.

JOSABET.

JOSABET.

Quoy donc ? Eliacin a paru devant elle ?

ZACHARIE.

Nous regardions tous deux cette Reine cruelle,
Et d'une égale horreur nos cœurs estoient frappez.
Mais les Prestres bien-tost nous ont enveloppez.
On nous a fait sortir. J'ignore tout le reste,
Et venois vous conter ce desordre funeste.

JOSABET.

Ah ! de nos bras sans doute elle vient l'arracher,
Et c'est luy qu'à l'Autel sa fureur vient chercher.
Peut-estre en ce moment l'objet de tant de larmes...
Souvien-toy de David, Dieu, qui vois mes allarmes.

SALOMITH.

Quel est-il cét objet des pleurs que vous versez ?

ZACHARIE.

Les jours d'Eliacin seroient-ils menacez ?

SALOMITH.

Auroit-il de la Reine attiré la colere ?

ZACHARIE.

Que craint-on d'un enfant sans support, & sans pere ?

JOSABET.

Ah, la voicy. Sortons. Il la faut éviter.

SCENE III.

ATHALIE, AGAR, ABNER. *Suite d'Athalie.*

AGAR.

MAdame, dans ces lieux pourquoy vous arrestor?
Icy tous les objets vous blessent, vous irritent.
Abandonnez ce Temple aux Prestres qui l'habitēt,
Fuyez tout ce tumulte, & dans vostre Palais
A vos sens agitez venez rendre la paix.

ATHALIE.

Non, je ne puis, tu vois mon trouble, & ma foiblesse.
Va, fay dire à Mathan qu'il vienne, qu'il se presse.
Heureuse, si je puis trouver par son secours
Cette paix que je cherche, & qui me fuit toûjours! *

* *Elle s'assied.*

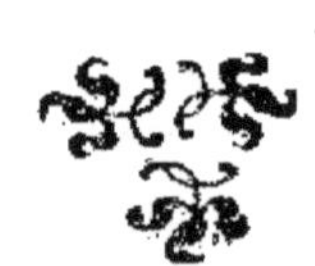

SCENE IV.

ATHALIE, ABNER, &c.

ABNER.

MAdame, pardonnez si j'ose le défendre.
Le zele de Joad n'a point dû vous surprendre.
Du Dieu que nous servons tel est l'ordre éternel.
Luy-même il nous traça son Temple & son Autel,
Aux seuls enfans d'Aaron commit ses sacrifices,
Aux Levites marqua leur place & leurs offices,
Et sur tout défendit à leur posterité
Avec tout autre Dieu toute societé.
Hé quoy ? Vous de nos Rois & la femme & la mere
Estes-vous à ce point parmi nous étrangere ?
Ignorez-vous nos lois? Et faut-il qu'aujourd'huy...
Voicy vostre Mathan, je vous laisse avec luy.

ATHALIE.

Vostre présence, Abner, est icy necessaire.
Laissons-là de Joad l'audace temeraire,
Et tout ce vain amas de superstitions,
Qui ferment vostre Temple aux autres Nations.

Un ſujet plus preſſant excite mes allarmes.
Je ſçay que dés l'enfance élevé dans les armes
Abner a le cœur noble, & qu'il rend à la fois
Ce qu'il doit à ſon Dieu, ce qu'il doit à ſes Rois.
Demeurez.

SCENE V.

MATHAN, ATHALIE, ABNER, &c.

MATHAN.

GRande Reine, eſt-ce icy voſtre place?
Quel trouble vous agite, & quel effroy vous glace?
Parmy vos ennemis que venez-vous chercher?
De ce Temple profane oſez-vous approcher?
Avez-vous dépoüillé cette haine ſi vive...

ATHALIE.

Preſtez-moy l'un & l'autre une oreille attentive.
Je ne veux point icy rappeller le paſſé,
Ny vous rendre raiſon du ſang que j'ay verſé.
Ce que j'ay fait, Abner, j'ay crû le devoir faire.
Je ne prens point pour juge un peuple temeraire.
Quoy que ſon inſolence ait oſé publier,
Le Ciel même a pris ſoin de me juſtifier,

Sur d'éclatans ſuccés ma puiſſance établie
A fait juſqu'aux deux Mers reſpecter Athalie.
Par moy Jéruſalem gouſte un calme profond.
Le Jourdain ne voit plus l'Arabe vagabond,
Ny l'altier Philiſtin, par d'éternels ravages,
Comme au temps de vos Rois, deſoler ſes rivages;
Le Syrien me traitte & de Reine & de Sœur.
Enfin de ma Maiſon le perfide Oppreſſeur,
Qui devoit juſqu'à moy pouſſer ſa barbarie,
Jehu, le fier Jehu tremble dans Samarie.
De toutes parts preſſé par un puiſſant Voiſin
Que j'ay ſceû ſoulever contre cét Aſſaſſin,
Il me laiſſe en ces lieux ſouveraine maiſtreſſe.
Je joüiſſois en paix du fruit de ma ſageſſe.
Mais un trouble importun vient depuis quelques jours
De mes proſperitez interrompre le cours.
Un ſonge (Me devrois-je inquieter d'un ſonge?)
Entretient dãs mon cœur un chagrin qui le ronge.
Je l'évite partout, partout il me pourſuit.
C'eſtoit pendant l'horreur d'une profonde nuit.
Ma mere Jézabel devant moy s'eſt monſtrée,
Comme au jour de ſa mort pompeuſement parée.

Ses malheurs n'avoient point abbatu sa fierté.
Même elle avoit encor cet éclat emprunté,
Dont elle eût soin de peindre & d'orner son visage,
Pour réparer des ans l'irréparable outrage.
Tremble, m'a-t-elle dit, fille digne de moy.
Le cruel Dieu des Juifs l'emporte aussi sur toy.
Je te plains de tomber dans ses mains redoutables,
Ma fille. En achevant ces mots épouvantables,
Son Ombre vers mon lit a paru se baisser.
Et moy, je luy tendois les mains pour l'embrasser.
Mais je n'ay plus trouvé qu'un horrible mélange
D'os & de chair meurtris, & traisnez dans la fange,
Des lambeaux pleins de sang, & des membres affreux,
Que des chiens devorans se disputoient entr'eux.

ABNER.

Grand Dieu!

ATHALIE.

Dans ce desordre à mes yeux se présente
Un jeune Enfant couvert d'une robbe éclatante,
Tels qu'on voit des Hébreux les Prestres revestus.
Sa veuë a ranimé mes esprits abattus.
Mais lors que revenant de mon trouble funeste,

J'admirois sa douceur, son air noble & modeste,
J'ay senti tout à coup un homicide acier,
Que le traistre en mon sein a plongé tout entier.
De tant d'objets divers le bizarre assemblage
Peut-estre du hazard vous paroist un ouvrage.
Moy-même quelque temps honteuse de ma peur
Je l'ay pris pour l'effet d'une sombre vapeur.
Mais de ce souvenir mon ame possedée
A deux fois en dormant reveû la même idée.
Deux fois mes tristes yeux se sont veû retracer
Ce même Enfant toûjours tout prest à me percer.
Lasse enfin des horreurs dont j'estois poursuivie
J'allois prier Baal de veiller sur ma vie,
Et chercher du repos au pié de ses Autels.
Que ne peut la frayeur sur l'esprit des mortels!
Dans le Temple des Juifs un instinct m'a poussée,
Et d'appaiser leur Dieu j'ay conceû la pensée.
J'ay cru que des présens calmeroiẽt son courroux,
Que ce Dieu, quel qu'il soit, en deviendroit plus
doux.
Pontife de Baal, excusez ma foiblesse.
J'entre. Le peuple fuit. Le sacrifice cesse.
Le grand Prestre vers moy s'avance avec fureur.

Pendant qu'il me parloit, ô ſurpriſe ! ô terreur !
J'ay veû ce même Enfant dont je ſuis menacée,
Tel qu'un ſonge effrayant l'a peint à ma penſée.
Je l'ay veû. Son même air, ſon même habit de lin,
Sa démarche, ſes yeux, & tous ſes traits enfin.
C'eſt luy-même. Il marchoit à coſté du grand
Preſtre.
Mais bien-toſt à ma veuë on l'a fait diſparaiſtre.
Voilà quel trouble icy m'oblige à m'arreſter,
Et ſurquoy j'ay voulu tous deux vous conſulter.
Que préſage, Mathan, ce prodige incroyable ?

MATHAN.

Ce ſonge, & ce rapport, tout me ſemble effroyable.

ATHALIE.

Mais cét Enfant fatal, Abner, vous l'avez vû.
Quel eſt-il ? De quel ſang ? Et de quelle Tribu ?

ABNER.

Deux Enfans à l'Autel preſtoient leur miniſtere.
L'un eſt fils de Joad, Joſabet eſt ſa mere.
L'autre m'eſt inconnu.

MATHAN.

Pourquoy déliberer ?
De tous les deux, Madame, il ſe faut aſſurer.

Vous ſçavez pour Joad mes égards, mes meſures,
Que je ne cherche point à vanger mes injures,
Que la ſeule équité regne en tous mes avis.
Mais luy-même aprés tout, fuſt-ce ſon propre fils,
Voudroit-il un moment laiſſer vivre un coupable?

ABNER.

De quel crime un enfant peut-il eſtre capable ?

MATHAN.

Le Ciel nous le fait voir un poignard à la main.
Le Ciel eſt juſte & ſage & ne fait rien en vain.
Que cherchez-vous de plus ?

ABNER.

Mais ſur la foy d'un ſonge
Dans le ſang d'un enfant voulez-vous qu'on ſe plonge ?
Vous ne ſçavez encor de quel pere il eſt né,
Quel il eſt.

MATHAN.

On le craint, tout eſt examiné.
A d'illuſtres parens s'il doit ſon origine,
La ſplendeur de ſon ſort doit haſter ſa ruïne.
Dans le vulgaire obſcur ſi le ſort l'a placé,
Qu'importe qu'au hazard un ſang vil ſoit verſé ?

Est-ce aux Rois à garder cette lente justice ?
Leur seûreté souvent dépend d'un prompt supplice.
N'allons point les gesner d'un soin embarrassant.
Dés qu'on leur est suspect on n'est plus innocent.

ABNER.

Hé quoy, Mathan ? D'un Prestre est-ce là le langage ?
Moy, nourri dans la guerre aux horreurs du carnage,
Des vangeances des Rois ministre rigoureux,
C'est moy qui preste icy ma voix au Mal-heureux.
Et vous, qui luy devez des entrailles de pere,
Vous, ministre de paix dans les temps de colere,
Couvrant d'un zele faux vostre ressentiment,
Le sang à vostre gré coule trop lentement ?
Vous m'avez commandé de vous parler sans feinte,
Madame. Quel est donc ce grand sujet de crainte?
Un songe, un foible Enfant, que vostre œil prévenu
Peut-estre sans raison croit avoir reconnu.

ATHALIE.

Je le veux croire, Abner, Je puis m'estre trompée.
Peut-estre un songe vain m'a trop préoccupée.

Hé bien ! Il faut revoir cét Enfant de plus prés.
Il en faut à loisir examiner les traits.
Qu'on les fasse tous deux paroistre en ma présence.

ABNER.

Je crains...

ATHALIE.

Manqueroit-on pour moy de complaisance ?
De ce refus bizarre où seroient les raisons ?
Il pourroit me jetter en d'étranges soupçons ?
Que Josabet, vous dis-je, ou Joad les ameine.
Je puis, quand je voudray, parler en Souveraine.
Vos Prestres, je veux bien, Abner, vous l'avoüer,
Des bontez d'Athalie ont lieu de se loüer.
Je sçay sur ma conduite & contre ma puissance
Jusqu'où de leurs discours ils portent la licence.
Ils vivent cependant, & leur Temple est debout.
Mais je sens que bien-tost ma douceur est à bout.
Que Joad mette un frein à son zele sauvage,
Et ne m'irrite point par un second outrage.
Allez.

SCENE VI.

ATHALIE, MATHAN, &c.

MATHAN.

ENFIN je puis parler en liberté.
Je puis dans tout ſon jour mettre la verité.
Quelque Monſtre naiſſant dans ce Temple s'éleve,
Reine. N'attendez pas que le nüage creve.
Abner chez le grand Preſtre a devancé le jour.
Pour le ſang de ſes Rois vous ſçavez ſon amour.
Et qui ſçait ſi Joad ne veut point en leur place
Subſtituer l'Enfant dont le Ciel vous menace,
Soit ſon fils, ſoit quelque autre ...

ATHALIE.

Oüy, vous m'ouvrez les yeux.
Je commence à voir clair dans cét avis des Cieux.
Mais je veux de mon doute eſtre débarraſſée.
Un enfant eſt peu propre à trahir ſa penſée.
Souvent d'un grand deſſein un mot nous fait juger.
Laiſſez-moy, cher Mathan, le voir, l'interroger.
Vous cependant allez, & ſans jetter d'allarmes,
A tous mes Tyriens faites prendre les armes.

SCENE VII.

JOAS, JOSABET, ATHALIE, ZACHARIE, ABNER, SALOMITH, DEUX LEVITES, LE CHOEUR, &c.

JOSABET *aux deux Lévites.*

O Vous, sur ces enfans si chers, si prétieux,
Ministres du Seigneur, ayez toûjours les yeux.

ABNER *à Josabet.*

Princesse, assurez-vous, je les prens sous ma garde.

ATHALIE.

O Ciel! plus j'examine & plus je le regarde,
C'est luy. D'horreur encor tous mes sens sont saisis.
Espouse de Joad, est-ce là vostre Fils?

JOSABET.

Qui? Luy, Madame?

ATHALIE.

Luy.

JOSABET.

Je ne suis point sa mere.
Voilà mon Fils.

ATHALIE.

Et vous, quel eſt donc voſtre pere ?
Jeune Enfant, répondez.

JOSABET.

Le Ciel juſqu'aujourd'huy...

ATHALIE.

Pourquoy vous preſſez-vous de répondre pour luy?
C'eſt à luy de parler.

JOSABET.

Dans un âge ſi tendre
Quel éclairciſſement en pouvez-vous attendre ?

ATHALIE.

Cét âge eſt innocent. Son ingenuité
N'altere point encor la ſimple Verité.
Laiſſez-le s'expliquer ſur tout ce qui le touche.

JOSABET. *tout bas.*

Daigne mettre, grand Dieu, ta ſageſſe en ſa bouche.

ATHALIE.

Comment vous nommez-vous ?

JOAS.

J'ay nom Eliacin.

ATHALIE.

Voſtre pere ?

JOAS.

Je suis, dit-on, un orphelin
Entre les bras de Dieu jetté dés ma naissance,
Et qui de mes parens n'eûs jamais connoissance.

ATHALIE.

Vous estes sans parens?

JOAS.

Ils m'ont abandonné.

ATHALIE.

Comment? Et depuis quand?

JOAS.

Depuis que je suis né.

ATHALIE.

Ne sçait-on pas au moins quel païs est le vostre?

JOAS.

Ce Temple est mon païs, je n'en connois point d'autre.

ATHALIE.

Où dit-on que le sort vous a fait rencontrer?

JOAS.

Parmy des loups cruels prests à me devorer.

ATHALIE.

Qui vous mit dans ce Temple?

JOAS.

Une femme inconnuë,
Qui ne dit point son nom, & qu'on n'a point reveuë.

ATHALIE.

Mais de vos premiers ans quelles mains ont pris soin ?

JOAS.

Dieu laissa-t-il jamais ses enfans au besoin ?
Aux petits des oiseaux il donne leur pasture,
Et sa bonté s'étend sur toute la nature.
Tous les jours je l'invoque, & d'un soin paternel
Il me nourrit des dons offerts sur son Autel.

ATHALIE.

Quel prodige nouveau me trouble & m'embarrasse ?
La douceur de sa voix, son enfance, sa grace,
Font insensiblement à mon inimitié
Succeder . . . Je serois sensible à la pitié ?

ABNER.

Madame, voilà donc cét ennemi terrible.
De vos songes menteurs l'imposture est visible,
A moins que la pitié, qui semble vous troubler,

Ne ſoit ce coup fatal qui vous faiſoit trembler.

ATHALIE *à Joas & à Joſabet.*

Vous ſortez ?

JOSABET.

Vous avez entendu ſa fortune.
Sa préſence à la fin pourroit eſtre importune.

ATHALIE.

Non. Revenez. Quel eſt tous les jours voſtre employ ?

JOAS.

J'adore le Seigneur. On m'explique ſa Loy.
Dans ſon Livre divin on m'apprend à la lire,
Et déja de ma main je commence à l'écrire.

ATHALIE.

Que vous dit cette Loy ?

JOAS.

Que Dieu veut eſtre aimé,
Qu'il vãge toſt ou tard ſon ſaint Nom blaſphémé ;
Qu'il eſt le défenſeur de l'Orphelin timide,
Qu'il reſiſte au Superbe, & punit l'Homicide.

ATHALIE.

J'entens. Mais tout ce peuple enfermé dans ce lieu,
A quoy s'occupe-t-il ?

JOAS.

Il loüe, il benit Dieu.

ATHALIE.

Dieu veut-il qu'à toute heure on prie, on le contemple ?

JOAS.

Tout profane exercice eſt banni de ſon Temple.

ATHALIE.

Quels ſont donc vos plaiſirs ?

JOAS.

Quelquefois à l'Autel

Je préſente au grand Preſtre ou l'encens, ou le ſel.
J'entens chanter de Dieu les grandeurs infinies.
Je voy l'ordre pompeux de ſes céremonies.

ATHALIE.

Hé quoy ? Vous n'avez point de paſſe-temps plus doux ?
Je plains le triſte ſort d'un Enfant tel que vous.
Venez dans mon Palais, vous y verrez ma gloire.

JOAS.

Moy des bienfaits de Dieu je perdrois la memoire ?

ATHALIE.

Non, je ne vous veux pas contraindre à l'oublier.

JOAS.

Vous ne le priez point.

ATHALIE.

Vous pourrez le prier.

JOAS.

Je verrois cependant en invoquer un autre ?

ATHALIE.

J'ay mon Dieu que je sers. Vous servirez le vostre.
Ce sont deux puissans Dieux.

JOAS.

Il faut craindre le mien,
Lui seul est Dieu, Madame, & le vostre n'est rien.

ATHALIE.

Les plaisirs prés de moy vous chercherõt en foule.

JOAS.

Le bonheur des Méchans comme un torrẽt s'écoule.

ATHALIE.

Ces Méchans, qui sont-ils ?

JOSABET.

Hé, Madame ! Excusez
Un Enfant...

ATHALIE *à Josabet.*

J'aime à voir comme vous l'instruisez.

Enfin, Eliacin, vous avez ſceû me plaire.
Vous n'eſtes point ſans doute un Enfant ordinaire.
Vous voyez, je ſuis Reine, & n'ay point d'heritier.
Laiſſez-là cet habit, quittez ce vil meſtier.
Je veux vous faire part de toutes mes richeſſes.
Eſſayez dés ce jour l'effet de mes promeſſes.
A ma table, partout, à mes coſtez aſſis,
Je prétens vous traitter comme mon propre fils.

JOAS.

Comme voſtre fils ?

ATHALIE.

Ouy. Vous vous taiſez ?

JOAS.

Quel Pere
Je quitterois ! Et pour...

ATHALIE.

Hé bien ?

JOAS.

Pour quelle Mere ?

ATHALIE *à Joſabet.*

Sa memoire eſt fidelle, & dans tout ce qu'il dit
De vous & de Joad je reconnois l'eſprit..
Voilà comme infectant cette ſimple jeuneſſe

Vous employez tous deux le calme où je vous laisse.
Vous cultivez déja leur haine & leur fureur.
Vous ne leur pronõcez mon nom qu'avec horreur.

JOSABET.

Peut-on de nos malheurs leur dérober l'histoire ?
Tout l'Univers les sçait. Vous même en faites gloire.

ATHALIE.

Ouy, ma juste fureur, & j'en fais vanité,
A vangé mes Parens sur ma posterité.
J'aurois veû massacrer & mon Pere, & mon Frere,
Du haut de son Palais précipiter ma Mere,
Et dans un même jour égorger à la fois,
Quel spectacle d'horreur! quatre-vingt fils de Rois?
Et pourquoy? Pour vãger je ne sçai quels Prophetes,
Dont elle avoit puni les fureurs indiscretes.
Et moy, Reine sans cœur, Fille sans amitié,
Esclave d'une lasche & frivole pitié,
Je n'aurois pas du moins à cette aveugle rage
Rẽdu meurtre pour meurtre, outrage pour outrage,
Et de vostre David traitté tous les neveux,
Comme on traittoit d'Achab les restes malheureux?
Où serois-je aujourd'huy, si domtant ma foiblesse

Je n'eusse d'une Mere estouffé la tendresse,
Si de mon propre sang ma main versant des flots
N'eust par ce coup hardi reprimé vos complots ?
Enfin de vostre Dieu l'implacable vangeance
Entre nos deux Maisons rompit toute alliance.
David m'est en horreur, & les fils de ce Roy
Quoique nez de mon sang, sont estrangers pour moy.

JOSABET.

Tout vous a réussi ? Que Dieu voye, & nous juge.

ATHALIE.

Ce Dieu depuis long-temps vostre unique refuge,
Que deviendra l'effet de ses prédictions ?
Qu'il vous donne ce Roy promis aux Nations,
Cet Enfant de David, vostre espoir, vostre attente..
Mais nous nous reverrons. Adieu, je sors contente,
J'ay voulu voir, j'ay veû.

ABNER *à Josabet.*

Je vous l'avois promis ;
Je vous rens le depost que vous m'avez commis.

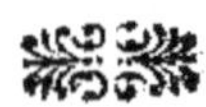

SCENE VIII.

JOAD, JOSABET, JOAS, ZACHARIE, ABNER, SALOMITH, LE'VITES, LE CHOEUR.

JOSABET *à Joad.*

AVez-vous entendu cette ſuperbe Reine,
Seigneur?

JOAD.

J'entendois tout, & plaignois voſtre peine.
Ces Lévites & moy preſts à vous ſecourir
Nous eſtions avec vous réſolus de périr.
Que Dieu veille ſur vous, * Enfant, dont le courage
Vient de rendre à ſon nom ce noble témoignage.
Je reconnois, Abner, ce ſervice important.
Souvenez-vous de l'heure où Joad vous attend.
Et nous, dont cette Femme impie & meurtriere
A ſoüillé les regards & troublé la priere,
Rentrons, & qu'un ſang pur par mes mains épanché
Lave juſques au marbre où ſes pas ont touché.

* *à Joas, en l'embraſſant.*

SCENE IX.

LE CHOEUR.

Une des Filles du Chœur.

QUEL astre à nos yeux vient de luire?
Quel sera quelque jour cet Enfant merveilleux?
Il brave le faste orgueilleux,
Et ne se laisse point séduire
A tous ses attraits périlleux.

Une autre.

Pendant que du Dieu d'Athalie
Chacun court encenser l'autel,
Un Enfant courageux publie
Que Dieu luy seul est eternel,
Et parle comme un autre Elie
Devant cette autre Jézabel.

Une autre.

Qui nous révelera ta naissance secrete,
Cher Enfant? Es-tu fils de quelque saint Prophete?

Une autre.

Ainsi l'on vit l'aimable Samüel
Croistre à l'ombre du Tabernacle.

Il devint des Hebreux l'esperance & l'oracle.
Puisses-tu, comme luy, consoler Israël !

Une autre chante.

O bienheureux mille fois
L'Enfant que le Seigneur aime,
Qui de bonne heure entend sa voix,
Et que ce Dieu daigne instruire luy-même !
Loin du monde élevé, de tous les dons des Cieux
Il est orné dés sa naissance;
Et du Méchant l'abord contagieux
N'altere point son innocence.

Tout le Chœur.

Heureuse, heureuse l'enfance
Que le Seigneur instruit & prend sous sa défense !

La même voix seule.

Tel en un secret vallon
Sur le bord d'une onde pure
Croist à l'abri de l'Aquilon
Un jeune lys, l'amour de la Nature.
Loin du monde élevé &c.

Tout le Chœur.

Heureux, heureux mille fois
L'enfant que le Seigneur rend docile à ses lois !

Une voix seule.

Mon Dieu, qu'une vertu naissante
Parmi tant de perils marche à pas incertains !
Qu'une Ame qui te cherche, & veut estre innocente,
Trouve d'obstacle à ses desseins !
Que d'Ennemis lui font la guerre !
Où se peuvent cacher tes Saints ?
Les Pecheurs couvrent la terre.

Une autre.

O Palais de David, & sa chere Cité,
Mont fameux, que Dieu même a long-temps habité,
Comment as-tu du Ciel attiré la colere ?
Sion, chere Sion, que dis-tu quand tu vois
Une impie Estrangere
Assise, helas ! au thrône de tes Rois ?

Tout le Chœur.

Sion, chere Sion, que dis-tu quand tu vois
Une impie Estrangere
Assise, helas ! au thrône de tes Rois ?

Une voix seule.

Combien de temps, Seigneur, combien de temps encore

Verrons-nous contre toy les Méchans s'élever ?
Jusques dans ton saint Temple ils viennent te braver.
Ils traitent d'insensé le peuple qui t'adore.
Combien de temps, Seigneur, combien de temps encore
Verrons-nous contre toy les méchans s'élever ?

Une autre.

Que vous sert, disent-ils, cette vertu sauvage ?
De tant de plaisirs si doux
Pourquoy fuyez-vous l'usage ?
Vostre Dieu ne fait rien pour vous.

Une autre.

Rions, chantons, dit cette Troupe impie,
De fleurs en fleurs, de plaisirs en plaisirs
Promenons nos desirs.
Sur l'avenir, insensé qui se fie.
De nos ans passagers le nombre est incertain.
Hastons-nous aujourd'huy de joüir de la vie,
Qui sçait si nous serons demain !

Tout le Chœur.

Qu'ils pleurent, ô mon Dieu, qu'ils fremissent de crainte

Ces Malheureux, qui de ta Cité sainte
Ne verront point l'éternelle splendeur.
C'est à nous de chanter, nous, à qui tu reveles
Tes clartez immortelles,
C'est à nous de chanter tes dons & ta grandeur.

Une voix seule.

De tous ces vains plaisirs où leur ame se plonge,
Que leur restera-t-il ? Ce qui reste d'un songe
Dont on a reconnu l'erreur.
A leur réveil, ô réveil plein d'horreur !
Pendant que le pauvre à ta table
Gouftera de ta paix la douceur ineffable ;
Ils boiront dans la coupe affreuse, inépuisable,
Que tu présenteras au jour de ta fureur
A toute la Race coupable.

Tout le Chœur.

O réveil plein d'horreur !
O songe peu durable !
O dangereuse erreur !

ACTE III.

SCENE PREMIERE.

MATHAN, NABAL, LE CHOEUR.

MATHAN.

JEUNES Filles, allez. Qu'on dise à Josabet
Que Mathan veut icy lui parler en secret.

Une des Filles du Chœur.

Mathan ! O Dieu du Ciel, puisses-tu le confondre.

NABAL.

Hé quoy ? Tout se disperse & fuit sans vous répondre ?

MATHAN.

Approchons.

SCENE II.

ZACHARIE, MATHAN, NABAL.

ZACHARIE.

Temeraire, où voulez-vous passer?
Au delà de ce lieu gardez-vous d'avancer.
C'est des Ministres saints la demeure sacrée.
Les loix à tout profane en défendent l'entrée.
Qui cherchez-vous? Mon Pere en ce jour solemnel
De l'idolâtre impur fuit l'aspect criminel.
Et devant le Seigneur maintenant prosternée
Ma Mere en ce devoir craint d'estre détournée.

MATHAN

Mon fils, nous attendrons, cessez de vous troubler.
C'est vostre illustre Mere à qui je veux parler.
Je viens icy chargé d'un ordre de la Reine.

SCENE III.

MATHAN, NABAL.

NABAL.

Leurs enfans ont déja leur audace hautaine.
Mais que veut Athalie en cette occasion ?
D'où naist dans ses conseils cette confusion ?
Par l'insolent Joad ce matin offensée,
Et d'un Enfant fatal en songe menacée,
Elle alloit immoler Joad à son courroux,
Et dans ce Temple enfin placer Baal & vous.
Vous m'en aviez déja confié vostre joye,
Et j'esperois ma part d'une si riche proye.
Qui fait changer ainsi ses vœux irresolus ?

MATHAN.

Ami, depuis deux jours je ne la connois plus.
Ce n'est plus cette Reine éclairée, intrepide,
Elevée au dessus de son sexe timide,
Qui d'abord accabloit ses ennemis surpris,
Et d'un instant perdu connoissoit tout le prix.
La peur d'un vain remords trouble cette grande
ame,

Elle flotte, elle hésite, en un mot elle est femme.
J'avois tantost rempli d'amertume & de fiel
Son cœur déja saisi des menaces du Ciel.
Elle même à mes soins confiant sa vangeance
M'avoit dit d'assembler sa garde en diligence.
Mais soit que cet Enfant devant elle amené,
De ses parens, dit-on, rebut infortuné,
Eût d'un songe effrayant diminué l'allarme,
Soit qu'elle eût même en lui veu je ne sçay quel
charme ;
J'ay trouvé son courroux chancelant, incertain,
Et déja remettant sa vangeance à demain.
Tous ses projets sembloient l'un l'autre se détruire.
Du sort de cet Enfant je me suis fait instruire,
Ay-je dit. On commence à vanter ses ayeux.
Joad de temps en temps le montre aux factieux,
Le fait attendre aux Juifs comme un autre Moïse,
Et d'oracles menteurs s'appuye & s'autorise.
Ces mots ont fait monter la rougeur sur son front.
Jamais mensonge heureux n'eut un effet si pront.
Est-ce à moy de languir dans cette incertitude ?
Sortons, a-t-elle dit, sortons d'inquietude.
Vous-même à Josabet prononcez cet arrest.

Les feux vont s'allumer, & le fer eſt tout preſt.
Rien ne peut de leur Temple empeſcher le ravage,
Si je n'ay de leur foy cet Enfant pour oſtage.

NABAL.

Hé bien? Pour un Enfant qu'ils ne connoiſſent pas,
Que le hazard peut-eſtre a jetté dans leurs bras,
Voudrõt-ils que leur Temple enſeveli ſous l'herbe...

MATHAN.

Ah ! de tous les mortels connois le plus ſuperbe.
Pluſtoſt que dans mes mains par Joad ſoit livré
Un Enfant qu'à ſon Dieu Joad a conſacré,
Tu lui verras ſubir la mort la plus terrible.
D'ailleurs pour cet Enfant leur attache eſt viſible.
Si j'ay bien de la Reine entendu le recit,
Joad ſur ſa naiſſance en ſçait plus qu'il ne dit.
Quel qu'il ſoit, je prévoy qu'il leur ſera funeſte.
Ils le refuſeront. Je prens ſur moy le reſte.
Et j'eſpere qu'enfin de ce Temple odieux
Et la flamme & le fer vont délivrer mes yeux.

NABAL.

Qui peut vous inſpirer une haine ſi forte ?
Eſt-ce que de Baal le zele vous tranſporte ?
Pour moy, vous le ſçavez, deſcendu d'Iſmaël

Je ne sers ni Baal, ni le Dieu d'Israël.

MATHAN.

Ami, peus-tu penser que d'un zele frivole
Je me laisse aveugler pour une vaine Idole,
Pour un fragile bois, que malgré mon secours
Les vers sur son autel consument tous les jours?
Né Ministre du Dieu qu'en ce Temple on adore,
Peut-estre que Mathan le serviroit encore,
Si l'amour des grandeurs, la soif de commander
Avec son joug estroit pouvoient s'accommoder.
Qu'est-il besoin, Nabal, qu'à tes yeux je rappelle
De Joad & de moy la fameuse querelle,
Quand j'osay contre lui disputer l'encensoir,
Mes brigues, mes combats, mes pleurs, mon desespoir?
Vaincu par lui, j'entray dans une autre carriere,
Et mon ame à la Cour s'attacha toute entiere.
J'approchay par degrez de l'oreille des Rois,
Et bien-tost en oracle on érigea ma voix.
J'estudiay leur cœur, je flattay leurs caprices,
Je leur semay de fleurs le bord des précipices.
Prés de leurs passions rien ne me fut sacré.
De mesure & de poids je changeois à leur gré.

Autant que de Joad l'inflexible rudesse
De leur superbe oreille offensoit la mollesse,
Autant je les charmois par ma dexterité,
Dérobant à leurs yeux la triste Verité,
Prestant à leurs fureurs des couleurs favorables,
Et prodigue surtout du sang des Miserables.
Enfin au Dieu nouveau qu'elle avoit introduit
Par les mains d'Athalie un Temple fut construit.
Jerusalem pleura de se voir profanée.
Des enfans de Lévi la troupe consternée
En poussa vers le Ciel des hûrlemens affreux.
Moi seul donnant l'exemple aux timides Hébreux,
Deserteur de leur Loy, j'approuvay l'entreprise
Et par là de Baal meritay la Prestrise.
Par là je me rendis terrible à mon Rival,
Je ceignis la tiare, & marchay son égal.
Toutefois, je l'avouë, en ce comble de gloire
Du Dieu que j'ay quitté l'importune memoire
Jette encore en mon ame un reste de terreur.
Et c'est ce qui redouble & nourrit ma fureur.
Heureux! si sur son Temple achevant ma vangeance,
Je puis convaincre enfin sa haine d'impuissance,

Et parmi le debris, le ravage, & les morts,
A force d'attentats perdre tous mes remords.
Mais voicy Josabet.

SCENE IV.

JOSABET, MATHAN, NABAL.

MATHAN.

Envoyé par la Reine
Pour restablir le calme & dissiper la haine,
Princesse, en qui le Ciel mit un esprit si doux,
Ne vous estonnez pas si je m'adresse à vous.
Un bruit, que j'ay pourtant soupçonné de mensonge,
Appuyant les avis qu'elle a reçûs en songe,
Sur Joad accusé de dangereux complots
Alloit de sa colere attirer tous les flots.
Je ne veux point icy vous vanter mes services.
De Joad contre moy je sçay les injustices.
Mais il faut à l'offense opposer les bienfaits.
Enfin je viens chargé de paroles de paix.
Vivez, solemnisez vos festes sans ombrage.
De vostre obeïssance elle ne veut qu'un gage.

C'est, pour l'en détourner j'ay fait ce que j'ay pû,
Cet Enfant sans parens, qu'elle dit qu'elle a vû.

JOSABET.

Eliacin !

MATHAN.

J'en ay pour elle quelque honte.
D'un vain songe peut-estre elle fait trop de conte :
Mais vous vous déclarez ses mortels ennemis,
Si cet Enfant sur l'heure en mes mains n'est remis.
La Reine impatiente attend vostre réponse.

JOSABET.

Et voilà de sa part la paix qu'on nous annonce !

MATHAN.

Pourriez-vous un moment douter de l'accepter ?
D'un peu de complaisance est-ce trop l'acheter ?

JOSABET.

J'admirois si Mathan dépoüillant l'artifice
Avoit pu de son cœur surmonter l'injustice,
Et si de tant de maux le funeste inventeur
De quelque ombre de bien pouvoit estre l'auteur.

MATHAN.

De quoy vous plaignez-vous ? Vient-on avec furie
Arracher de vos bras vostre fils Zacharie ?

Quel eſt cet autre Enfant ſi cher à voſtre amour ?
Ce grand attachement me ſurprend à mon tour.
Eſt-ce un treſor pour vous ſi pretieux, ſi rare ?
Eſt-ce un liberateur que le Ciel vous prépare ?
Songez-y. Vos refus pourroient me confirmer
Un bruit ſourd, que déja l'on commence à ſemer.

JOSABET.

Quel bruit ?

MATHAN.

Que cet Enfant vient d'illuſtre origine,
Qu'à quelque grãd projet voſtre Eſpoux le deſtine.

JOSABET.

Et Mathan par ce bruit qui flatte ſa fureur...

MATHAN.

Princeſſe, c'eſt à vous à me tirer d'erreur.
Je ſçay que du menſonge implacable ennemie
Joſabet livreroit même ſa propre vie,
S'il falloit que ſa vie à ſa ſincerité
Couſtaſt le moindre mot contre la verité.
Du ſort de cet Enfant on n'a donc nulle trace ?
Une profonde nuit enveloppe ſa race ?
Et vous-même ignorez de quels parens iſſu,
De quelles mains Joad en ſes bras l'a reçû ?

Parlez, je vous écoute, & ſuis preſt de vous croire.
Au Dieu que vous ſervez, Princeſſe, rendez gloire.

JOSABET.

Méchant, c'eſt bien à vous, d'oſer ainſi nommer
Un Dieu que voſtre bouche enſeigne à blaſphémer.
Sa verité par vous peut-elle eſtre atteſtée,
Vous, Malheureux, aſſis dans la chaire empeſtée
Où le menſonge regne & répand ſon poiſon,
Vous, nourri dans la fourbe & dans la trahiſon ?

SCENE V.

JOAD, JOSABET, MATHAN, NABAL.

JOAD.

OU ſuis-je ? De Baal ne vois-je pas le Preſtre ?
Quoy, Fille de David, vous parlez à ce traiſtre ?
Vous ſouffrez qu'il vous parle ? Et vous ne craignez pas
Que du fond de l'abyſme entr'ouvert ſous ſes pas,
Il ne ſorte à l'inſtant des feux qui vous embraſent,
Ou qu'en tombât ſur lui ces murs ne vous écraſent ?
Que veut-il ? De quel front cet ennemi de Dieu
Vient-il infecter l'air qu'on reſpire en ce lieu ?

MATHAN.

On reconnoist Joad à cette violence.
Toutefois il devroit montrer plus de prudence,
Respecter une Reine, & ne pas outrager
Celuy, que de son ordre elle a daigné charger.

JOAD.

Hé bien, que nous fait-elle annoncer de sinistre?
Quel sera l'ordre affreux qu'apporte un tel Ministre?

MATHAN.

J'ay fait à Josabet sçavoir sa volonté.

JOAD.

Sors donc de devant moy, Monstre d'impieté.
De toutes tes horreurs, va, comble la mesure.
Dieu s'apprefte à te joindre à la race parjure,
Abiron, & Dathan, Doeg, Achitophel.
Les chiens, à qui son bras a livré Jézabel,
Attendant que sur toy sa fureur se déploye,
Déja sont à ta porte & demandent leur proye.

MATHAN.*

** Il se trouble.*

Avant la fin du jour... on verra qui de nous...
Doit... Mais sortons, Nabal.

NABAL.

NABAL.

Où vous égarez-vous ?
De vos sens estonnez quel desordre s'empare ?
Voilà vostre chemin.

SCENE VI.

JOAD, JOSABET.

JOSABET.

L'ORAGE se déclare.
Athalie en fureur demande Eliacin.
Déja de sa naissance & de vostre dessein
On commence, Seigneur, à percer le mystere.
Peu s'en faut que Mathan ne m'ait nommé son pere.

JOAD.

Au perfide Mathan qui l'auroit revelé ?
Vostre trouble à Mathan n'a-t-il point trop parlé ?

JOSABET.

J'ay fait ce que j'ay pû pour m'en rendre maistresse.
Cependant, croyez-moy, Seigneur, le peril presse.
Reservons cet Enfant pour un temps plus heureux.
Tandis que les Méchans déliberent entre-eux,

Avant qu'on l'environne, avant qu'on nous l'arrache,
Une seconde fois souffrez que je le cache.
Les portes, les chemins lui sont encore ouverts.
Faut-il le transporter aux plus affreux deserts ?
Je suis preste. Je sçais une secrette issuë
Par où, sans qu'on le voye, & sans estre apperceuë,
De Cédron avec lui traversant le torrent,
J'iray dans le desert, où jadis en pleurant,
Et cherchant comme nous son salut dans la fuite,
David d'un Fils rebelle évita la poursuite.
Je craindray moins pour lui les lions, & les ours....
Mais pourquoy de Jéhu refuser le secours ?
Je vous ouvre peut-estre un avis salutaire.
Faisons de ce tresor Jéhu dépositaire.
On peut dans ses Estats le conduire aujourd'hui,
Et le chemin est court qui mene jusqu'à lui.
Jéhu n'a point un cœur farouche, inexorable,
De David à ses yeux le nom est favorable.
Helas ! Est-il un Roy si dur & si cruel,
A moins qu'il n'eust pour mere une autre Jézabel,
Qui d'un tel Suppliant ne plaignist l'infortune ?
Sa cause à tous les Rois n'est-elle pas commune ?

JOAD.

Quels timides conſeils m'oſez-vous ſuggerer ?
En l'appui de Jéhu pourriez-vous eſperer ?

JOSABET.

Dieu défend-il tout ſoin & toute prévoyance ?
Ne l'offenſe-t-on point par trop de confiance ?
A ſes deſſeins ſacrez employant les Humains
N'a-t-il pas de Jéhu luy-même armé les mains ?

JOAD.

Jéhu qu'avoit choiſi ſa ſageſſe profonde,
Jéhu, ſur qui je voy que voſtre eſpoir ſe fonde,
D'un oubli trop ingrat a payé ſes bienfaits.
Jéhu laiſſe d'Achab l'affreuſe Fille en paix,
Suit des Rois d'Iſraël les profanes exemples,
Du vil Dieu de l'Egypte a conſervé les Temples.
Jéhu ſur les hauts Lieux enfin oſant offrir
Un temeraire encens que Dieu ne peut ſouffrir,
N'a pour ſervir ſa cauſe & vanger ſes injures,
Ni le cœur aſſez droit, ni les mains aſſez pures.
Non, non, c'eſt à Dieu ſeul qu'il nous faut attacher.
Montrons Eliacin, & loin de le cacher,
Que du bandeau royal ſa teſte ſoit ornée.

Je veux même avancer l'heure déterminée,
Avant que de Mathan le complot soit formé.

SCENE VII.

JOAD, JOSABET, AZARIAS *suivi du Chœur & de plusieurs Lévites.*

JOAD.

HE' bien, Azarias, le Temple est-il fermé?

AZARIAS.

J'en ay fait devant moy fermer toutes les portes.

JOAD.

N'y reste-t-il que vous, & vos saintes Cohortes?

AZARIAS.

De ses parvis sacrez j'ay deux fois fait le tour.
Tout a fuy. Tous se sont séparez sans retour,
Miserable troupeau, qu'a dispersé la crainte,
Et Dieu n'est plus servi que dans la Tribu sainte.
Depuis qu'à Pharaon ce peuple est échappé,
Une égale terreur ne l'avoit point frappé.

JOAD.

Peuple lâche en effet, & né pour l'esclavage,
Hardi contre Dieu seul! Poursuivons nostre ouvrage.

Mais qui retient encor ces Enfans parmi nous ?

Une des Filles du Chœur.

Hé ! pourrions-nous, Seigneur, nous ſéparer de vous ?
Dãs le Temple de Dieu ſommes-nous eſtrangeres ?
Vous avez prés de vous nos peres, & nos freres.

Une autre.

Hélas ! ſi pour vanger l'opprobre d'Iſraël
Nos mains ne peuvent pas, comme autrefois * Jahel, * Jug. c. 4.
Des ennemis de Dieu percer la teſte impie ;
Nous lui pouvons du moins immoler noſtre vie.
Quand vos bras combattront pour ſon Temple attaqué,
Par nos larmes du moins il peut eſtre invoqué.

JOAD.

Voilà donc quels vangeurs s'arment pour ta querelle,
Des Preſtres, des Enfans, ô Sageſſe éternelle !
Mais ſi tu les ſoûtiens, qui peut les ébranler ?
Du tombeau quand tu veux tu ſçais nous rappeller.
Tu frappes, & gueris. Tu perds, & reſſuſcites.
Ils ne s'aſſûrent point en leurs propres merites,

Mais en ton nom ſur eux invoqué tant de fois,
En tes ſermens jurez au plus ſaint de leurs Rois,
En ce Temple où tu fais ta demeure ſacrée,
Et qui doit du Soleil égaler la durée.
Mais d'où vient que mon cœur fremit d'un ſaint effroy ?
Eſt-ce l'Eſprit divin qui s'empare de moy ?
C'eſt lui-même. Il m'échauffe. Il parle. Mes yeux s'ouvrent,
Et les ſiecles obſcurs devant-moy ſe découvrent.
Lévites, de vos ſons preſtez-moy les accords,
Et de ſes mouvemens ſecondez lès tranſports.

LE CHOEUR *chante au ſon de toute la ſymphonie des inſtrumens.*

Que du Seigneur la voix ſe faſſe entendre,
Et qu'à nos cœurs ſon Oracle divin
Soit ce qu'à l'herbe tendre
Eſt au printemps la fraicheur du matin.

J O A D.

Cieux, écoutez ma voix. Terre, preſte l'oreille.
Ne dis plus, ô Jacob, que ton Seigneur ſommeille.
Pechcurs, diſparoiſſez, le Seigneur ſe réveille.

Ici recommence la symphonie, & Joad aussi-tost reprend la parole.

Comment en un plomb vil * l'or pur s'est-il chãgé? ** Joas.*
Quel est dans le Lieu saint * ce Pontife égorgé? ** Zacharie.*
Pleure, Jerusalem, pleure, Cité perfide,
Des Prophetes divins malheureuse homicide.
De son amour pour toy ton Dieu s'est dépoüillé.
Ton encens à ses yeux est un encens soüillé.
* Où menez-vous ces enfans, & ces femmes? ** Captivité de Babylone.*
Le Seigneur a détruit la Reine des Citez.
Ses Prestres sont captifs, ses Rois sont rejettez.
Dieu ne veut plus qu'on vienne à ses solemnitez.
Temple, renverse-toy. Cedres, jettez des flammes.
Jerusalem, objet de ma douleur,
Quelle main en un jour t'a ravi tous tes charmes?
Qui changera mes yeux en deux sources de larmes
Pour pleurer ton malheur?

AZARIAS.

O saint Temple!

JOSABET.

O David!

LE CHOEUR.

Dieu de Sion, rappelle,

Rappelle en ſa faveur tes antiques bontez.

La ſymphonie recommence encore, & Joad un moment aprés l'interrompt.

JOAD.

Quelle * Jéruſalem nouvelle

* *l'Egliſe.*

Sort du fond du deſert brillante de clartez,
Et porte ſur le front une marque immortelle?
Peuples de la terre, chantez.
Jéruſalem renaiſt plus charmante, & plus belle.
D'où lui viennent de tous coſtez
Ces * enfans qu'en ſon ſein elle n'a point portez?

* *les Gentils.*

Leve, Jéruſalem, leve ta teſte altiere.
Regarde tous ces Rois de ta gloire eſtonnez.
Les Rois des Nations devant toy proſternez
De tes pieds baiſent la pouſſiere.
Les peuples à l'envy marchent à ta lumiere.
Heureux! qui pour Sion d'une ſainte ferveur
Sentira ſon ame embraſée.
Cieux, répandez voſtre roſée,
Et que la Terre enfante ſon Sauveur.

JOSABET.

Hélas! d'où nous viendra cette inſigne faveur,
Si les Rois de qui doit deſcendre ce Sauveur...

JOAD.

JOAD.

Préparez, Josabet, le riche diadême,
Que sur son front sacré David porta lui-même.
Et * vous, pour vous armer, suivez-moy dans ces lieux
Où se garde caché, loin des profanes yeux,
Ce formidable amas de lances & d'épées
Qui du sang Philistin jadis furent trempées,
Et que David vainqueur, d'ans & d'honneurs chargé,
Fit consacrer au Dieu qui l'avoit protegé.
Peut-on les employer pour un plus noble usage?
Venez, je veux moy-même en faire le partage.

* aux Lévites.

SCENE VIII.

SALOMITH, LE CHOEUR.

SALOMITH.

Que de craintes, mes Sœurs, que de troubles mortels!
Dieu tout-puissant, sont-ce là les prémices,
Les parfums, & les sacrifices
Qu'on devoit en ce jour offrir sur tes autels?

Une Fille du Chœur.

Quel ſpectacle à nos yeux timides !
Qui l'euſt cru qu'on duſt voir jamais
Les glaives meurtriers, les lances homicides,
Briller dans la Maiſon de paix ?

Une autre.

D'où vient que pour ſon Dieu pleine d'indifferẽce
Jéruſalem ſe taiſt en ce preſſant danger ?
D'où vient, mes ſœurs, que pour nous proteger,
Le brave Abner au moins ne romp pas le ſilence ?

SALOMITH.

Helas ! dans une Cour, où l'on n'a d'autres lois
Que la force & la violence,
Où les honneurs & les emplois
Sont le prix d'une aveugle & baſſe obeïſſance,
Ma Sœur, pour la triſte Innocence
Qui voudroit élever ſa voix ?

Une autre.

Dans ce peril, dans ce deſordre extrême,
Pour qui prépare-t-on le ſacré diadême ?

SALOMITH.

Le Seigneur a daigné parler.
Mais ce qu'à ſon Prophete il vient de reveler

Qui pourra nous le faire entendre ?
S'arme-t-il pour nous défendre ?
S'arme-t-il pour nous accabler ?

Tout le Chœur chante.

O promesse ! ô menace ! ô tenebreux mystere !
Que de maux, que de biens sont prédits tour à tour !
Comment peut-on avec tant de colere,
Accorder tant d'amour ?

Une voix seule.

Sion ne sera plus. Une flâme cruelle
Détruira tous ses ornemens.

Une autre voix.

Dieu protege Sion. Elle a pour fondemens
Sa parole éternelle.

La premiere.

Je voy tout son éclat disparoistre à mes yeux.

La seconde.

Je voy de toutes parts sa clarté répanduë.

La premiere.

Dans un gouffre profond Sion est descenduë.

La seconde.

Sion a son front dans les Cieux.

La premiere.

Quel trifte abaiffement !

La feconde.

Quelle immortelle gloire !

La premiere.

Que de cris de douleur !

La feconde.

Que de chants de victoire !

Une troifiéme.

Ceffons de nous troubler. Noftre Dieu quelque jour
Dévoilera ce grand myftere.

Toutes trois.

Réverons fa colere.
Efperons en fon amour.

Une autre.

D'un cœur qui t'aime,
Mon Dieu, qui peut troubler la paix ?
Il cherche en tout ta volonté fuprême,
Et ne fe cherche jamais.
Sur la terre, dans le Ciel même,
Eft-il d'autre bonheur que la tranquile paix
D'un cœur qui t'aime ?

ACTE IV.

SCENE PREMIERE.

JOAS, JOSABET, ZACHARIE, SALOMITH, UN LEVITE, LE CHOEUR.

SALOMITH.

D'UN pas majeſtueux à coſté de ma Mere
Le jeune Eliacin s'avance avec mon Frere.
Dans ces voiles, mes Sœurs, que portent-ils tous deux ?
Quel eſt ce glaive enfin qui marche devant eux ?

JOSABET *à Zacharie.*

Mon fils, avec reſpect poſez ſur cette table
De noſtre ſainte Loy le Livre redoutable.
Et vous auſſi, poſez, aimable Eliacin,
Cet auguſte Bandeau prés du Livre divin.
Lévite, il faut placer, Joad ainſi l'ordonne,

Le glaive de David auprés de sa couronne.

JOAS.

Princesse, quel est donc ce spectacle nouveau ?
Pourquoy ce Livre saint, ce glaive, ce bandeau ?
Depuis que le Seigneur m'a receû dãs son Temple,
D'un semblable appareil je n'ay point veû d'exẽple.

JOSABET.

Tous vos doutes, mon fils, bientost s'éclairciront.

JOAS.

Vous voulez essayer ce bandeau sur mon front ?
Ah Princesse ! Gardez d'en profaner la gloire.
Du Roy qui l'a porté respectez la memoire.
Un malheureux Enfant aux Ours abandonné...

JOSABET *lui essayant le Diadême.*

Laissez, mon fils, je fais ce qui m'est ordonné.

JOAS.

Mais j'entens les sanglots sortir de vostre bouche !
Princesse, vous pleurez ! Quelle pitié vous touche ?
Est-ce qu'en holocauste aujourd'hui presenté
Je dois, comme autrefois la fille de Jephté,
Du Seigneur par ma mort appaiser la colere ?
Hélas, un fils n'a rien qui ne soit à son pere.

JOSABET.

Voicy qui vous dira les volontez des cieux.
Ne craignez rien. Et nous, ſortons tous de ces lieux.

SCENE II.

JOAD, JOAS.

JOAS *courant dans les bras du grand Preſtre.*

MON pere!

JOAD.

Hé bien, mon fils?

JOAS.

Qu'eſt-ce donc qu'on prépare?

JOAD.

Il eſt juſte, mon fils, que je vous le déclare.
Il faut que vous ſoyez inſtruit, même avant tous,
Des grands deſſeins de Dieu ſur ſon peuple, & ſur vous.
Armez vous d'un courage & d'une foy nouvelle.
Il eſt temps de monſtrer cette ardeur & ce zele,
Qu'au fond de voſtre cœur mes ſoins ont cultivez.
Et de payer à Dieu ce que vous lui devez.

Sentez-vous cette noble & genereuse envie ?

JOAS.

Je me sens prest, s'il veut, de lui donner ma vie.

JOAD.

On vous a lû souvent l'histoire de nos Rois.
Vous souvien-t-il, mon fils, quelles étroites loix
Doit s'imposer un Roy digne du diadême ?

JOAS.

Un Roy sage, ainsi Dieu l'a * prononcé lui-même,
Sur la richesse & l'or ne met point son appui,
Craint le Seigneur son Dieu, sans cesse a devant lui
Ses preceptes, ses loix, ses jugemens séveres,
Et d'injustes fardeaux n'accable point ses freres.

* Deuteron. c. 17.

JOAD.

Mais sur l'un de ces Rois s'il falloit vous regler,
A qui choisiriez-vous, mon fils, de ressembler ?

JOAS.

David, pour le Seigneur plein d'un amour fidelle,
Me paroist des grands Rois le plus parfait modelle.

JOAD.

Ainsi dans leurs excés vous n'imiteriez pas

L'infidelle Joram, l'impie Okosias.

JOAS.

O mon pere !

JOAD.

Achevez, dites, que vous en semble ?

JOAS.

Puisse périr comme eux quiconque leur ressemble.
Mon pere, en quel estat vous vois-je devant moy ?

JOAD *se prosternant à ses pieds.*

Je vous rends le respect, que je dois à mon Roy.
De vostre ayeul David, Joas, rendez-vous digne.

JOAS.

Joas ? Moy ?

JOAD.

Vous sçaurez par quelle grace insigne,
D'une Mere en fureur Dieu trompant le dessein,
Quand déja son poignard estoit dans vostre sein,
Vous choisit, vous sauva du milieu du carnage.
Vous n'estes pas encore échappé de sa rage.
Avec la même ardeur qu'elle voulut jadis
Perdre en vous le dernier des Enfans de son Fils,
A vous faire périr sa cruauté s'attache,
Et vous poursuit encor sous le nom qui vous cache.

Mais sous vos étendars j'ay déja sceû ranger
Un peuple obeïssant & promt à vous vanger.
Entrez, genereux Chefs des Familles sacrées,
Du ministere saint tour à tour honorées.

SCENE III.

JOAS, JOAD, AZARIAS, ISMAEL, *& les trois autres Chefs des Lévites.*

JOAD *continuë.*

Roy, voilà vos Vangeurs contre vos ennemis.
Prestres, voilà le Roy que je vous ay promis.

AZARIAS.

Quoy c'est Eliacin?

ISMAEL.

Quoy cet Enfant aimable...

JOAD.

Est des Rois de Juda l'heritier veritable,
Dernier né des Enfans du triste Okosias,
Nourri, vous le sçavez, sous le nom de Joas.
De cette fleur si tendre & si-tost moissonnée
Tout Juda, comme vous, plaignant la destinée,
Avec ses Freres morts le crut enveloppé.

Du perfide coûteau comme eux il fut frappé.
Mais Dieu du coup mortel sçut détourner l'atteinte,
Conserva dans son cœur la chaleur presque éteinte,
Permit que des bourreaux trompant l'œil vigilant
Josabet dans son sein l'emportast tout sanglant,
Et n'ayant de son vol que moy seul pour complice,
Dans le Temple cachast l'Enfant & la Nourrice.

JOAS.

Helas ! de tant d'amour & de tant de bienfaits,
Mon pere, quel moyen de m'acquitter jamais ?

JOAD.

Gardez pour d'autres temps cette reconnoissance.
Voilà donc vostre Roy, vostre unique esperance.
J'ay pris soin jusqu'ici de vous le conserver.
Ministres du Seigneur, c'est à vous d'achever.
Bien-tost de Jézabel la Fille meurtriere
Instruite que Joas voit encor la lumiere,
Dans l'horreur du tombeau viendra le replonger.
Déja sans le connoistre elle veut l'égorger.
Prestres saints, c'est à vous de prévenir sa rage.
Il faut finir des Juifs le honteux esclavage,
Vanger vos Princes morts, relever vostre Loy,

Et faire aux deux Tribus reconnoiſtre leur Roy.
L'entrepriſe ſans doute eſt grande & perilleuſe.
J'attaque ſur ſon trône une Reine orgueilleuſe,
Qui voit ſous ſes drapeaux marcher un camp nombreux
De hardis Eſtrangers, d'infidelles Hébreux.
Mais ma force eſt au Dieu, dont l'intereſt me guide.
Songez qu'en cet Enfant tout Iſraël réſide.
Déja ce Dieu vangeur commence à la troubler.
Déja trompant ſes ſoins j'ay ſçeû vous raſſembler.
Elle nous croit icy ſans armes, ſans défenſe.
Couronnons, proclamons Joas en diligence.
De là, du nouveau Prince intrepides ſoldats,
Marchons, en invoquant l'Arbitre des combats,
Et réveillant la foy dans les cœurs endormie,
Juſques dans ſon Palais cherchõs noſtre Ennemie.
Et quels cœurs ſi plongez dãs un lâche ſommeil,
Nous voyant avancer dans ce ſaint appareil,
Ne s'empreſſeront pas à ſuivre noſtre exemple ?
Un Roy, que Dieu lui-même a nourri dans ſon Temple,
Le ſucceſſeur d'Aaron de ſes Preſtres ſuivi,

Conduiſant au combat les Enfans de Lévi,
Et dans ces mêmes mains des peuples révérées,
Les armes au Seigneur par David conſacrées ?
Dieu ſur ſes ennemis répandra ſa terreur.
Dans l'infidelle ſang baignez-vous ſans horreur.
Frappez & Tyriens, & même Iſraëlites.
Ne deſcendez-vous pas de ces fameux Lévites,
Qui lors qu'au Dieu du Nil le volage Iſraël
Rendit dans le deſert un culte criminel,
De leurs plus chers parens ſaintement homicides,
Conſacrerent leurs mains dans le ſang des perfides,
Et par ce noble exploit vous acquirent l'honneur
D'eſtre ſeuls employez aux Autels du Seigneur ?
Mais je voy que déja vous brûlez de me ſuivre.
Jurez donc avant tout ſur cet auguſte Livre
A ce Roy que le Ciel vous redonne aujourd'hui,
De vivre, de combattre, & de mourir pour lui.

AZARIAS.

Ouy, nous jurons icy pour nous, pour tous nos Freres,
De rétablir Joas au trône de ſes Peres,
De ne poſer le fer entre nos mains remis,
Qu'aprés l'avoir vangé de tous ſes ennemis.

Si quelque transgreſſeur enfreint cette promeſſe,
Qu'il éprouve, grand Dieu, ta fureur vangereſſe:
Qu'avec luy, ſes enfans de ton partage exclus
Soient au rang de ces morts, que tu ne connois plus.

JOAD.

Et vous, à cette Loy, voſtre regle éternelle,
Roy, ne jurez-vous pas d'eſtre toûjours fidelle?

JOAS.

Pourrois-je à cette Loy ne me pas conformer?

JOAD.

O mon fils, de ce nom j'oſe encor vous nommer,
Souffrez cette tendreſſe, & pardonnez aux larmes
Que m'arrachēt pour vous de trop juſtes allarmes.
Loin du trône nourri, de ce fatal honneur
Hélas! vous ignorez le charme empoiſonneur.
De l'abſolu pouvoir vous ignorez l'yvreſſe,
Et des lâches flatteurs la voix enchantereſſe.
Bientoſt ils vous diront, que les plus ſaintes Loïs,
Maiſtreſſes du vil peuple, obeïſſent aux Rois,
Qu'un Roy n'a d'autre frein que ſa volonté même;
Qu'il doit immoler tout à ſa grandeur ſuprême;
Qu'aux larmes, au travail le Peuple eſt condamné

Et d'un ſceptre de fer veut eſtre gouverné ;
Que s'il n'eſt opprimé, toſt ou tard il opprime.
Ainſi de piege en piege, & d'abîme en abîme,
Corrompant de vos mœurs l'aimable pureté,
Ils vous feront enfin haïr la Verité,
Vous peindront la vertu ſous une affreuſe image.
Hélas ! ils ont des Rois égaré le plus ſage.
Promettez ſur ce Livre & devant ces Témoins,
Que Dieu ſera touſjours le premier de vos ſoins,
Que ſévere aux Méchans, & des Bons le refuge,
Entre le Pauvre & Vous, vous prendrez Dieu pour juge ;
Vous ſouvenant, mon fils, que caché ſous ce lin
Comme eux vous fûtes pauvre, & comme eux orphelin.

JOAS.

Je promets d'obſerver ce que la Loy m'ordonne.
Mon Dieu, puniſſez-moy, ſi je vous abandonne.

JOAD.

Venez, de l'huile ſainte il faut vous conſacrer.
Paroiſſez, Joſabet, vous pouvez vous montrer.

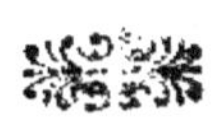

SCENE IV.

JOAS, JOAD, JOSABET, ZACHARIE, AZARIAS, &c. SALOMITH, LE CHOEUR.

JOSABET *embrassant Joas.*

O Roy, fils de David.

JOAS.

O mon unique Mere.
Venez, cher Zacharie, embrasser vostre frere.

JOSABET *à Zacharie.*

Aux pieds de vostre Roy prosternez-vous, mon fils.

JOAD *pendant qu'ils s'embrassent.*

Enfans, ainsi tousjours puissiez-vous estre unis!

JOSABET *à Joas.*

Vous sçavez donc quel sang vous a donné la vie?

JOAS.

Et je sçay quelle main sans vous me l'eust ravie.

JOSABET.

De vostre nom, Joas, je puis donc vous nommer.

JOAS.

Joas ne cessera jamais de vous aimer.

LE

LE CHOEUR.

Quoy, c'eſt là . . .

JOSABET.

C'eſt Joas.

JOAD.

Ecoutons ce Lévite.

SCENE V.

JOAS, JOSABET, JOAD, &c. UN LEVITE.

UN LEVITE.

J'Ignore contre Dieu quel projet on médite.
Mais l'airain menaçant fremit de toutes parts.
On voit luire des feux parmi des étendars.
Et ſans doute Athalie aſſemble ſon armée.
Déja même au ſecours toute voye eſt fermée.
Déja le ſacré mont, où le Temple eſt baſti,
D'inſolens Tyriens eſt par tout inveſti.
L'un d'eux en blaſphémant, vient de nous faire entendre
Qu'Abner eſt dans les fers, & ne peut nous défendre.

JOSABET *à Joas.*

Cher Enfant, que le Ciel en vain m'avoit rendu,
Helas ! pour vous ſauver j'ay fait ce que j'ay pu.
Dieu ne ſe ſouvient plus de David voſtre pere.

JOAD *à Joſabet.*

Quoy ? vous ne craignez pas d'attirer ſa colere
Sur vous, & ſur ce Roy ſi cher à voſtre amour ?
Et quand Dieu de vos bras l'arrachant ſans retour
Voudroit que de David la Maiſon fuſt éteinte ;
N'eſtes-vous pas icy ſur la Montagne ſainte,
Où * le Pere des Juifs ſur ſon fils innocent
Leva ſans murmurer un bras obeïſſant,
Et mit ſur un bucher ce fruit de ſa vieilleſſe,
Laiſſant à Dieu le ſoin d'accomplir ſa promeſſe,
Et lui ſacrifiant avec ce fils aimé
Tout l'eſpoir de ſa Race en lui ſeul renfermé ?
Amis, partageons-nous. Qu'Iſmaël en ſa garde,
Prenne tout le coſté que l'Orient regarde.
Vous, le coſté de l'Ourſe, & vous de l'Occident.
Vous le Midy. Qu'aucun par un zele imprudent,
Découvrant mes deſſeins, ſoit Preſtre, ſoit Lévite,
Ne ſorte avant le temps, & ne ſe précipite.
Et que chacun enfin d'un même eſprit pouſſé

* *Abraham.*

Garde en mourant le poste où je l'auray placé.
L'Ennemi nous regarde en son aveugle rage
Comme de vils troupeaux réservez au carnage,
Et croit ne rencontrer que desordre & qu'effroy.
Qu'Azarias par tout accompagne le Roy.
Venez, * cher rejetton d'une vaillante Race, ** à Joas.*
Remplir vos Défenseurs d'une nouvelle audace.
Venez du diadême à leurs yeux vous couvrir,
Et perissez du moins en Roy, s'il faut perir.
Suivez-le, Josabet. Vous, * donnez-moy ces armes. ** à un Lévite.*
Enfans, offrez à Dieu vos innocentes larmes.

SCENE VI.

SALOMITH, LE CHOEUR.

TOUT LE CHOEUR *chante.*

PARTEZ, Enfans d'Aaron, partez.
Jamais plus illustre querelle
De vos Ayeux n'arma le zele.
Partez, Enfans d'Aaron, partez.
C'est vostre Roy, c'est Dieu, pour qui vous combattez.

Une voix seule.

Où sont les traits que tu lances,
Grand Dieu, dans ton juste courroux ?
N'es-tu plus le Dieu jaloux ?
N'es-tu plus le Dieu des vangeances ?

Une autre.

Où sont, Dieu de Jacob, tes antiques bontez ?
Dans l'horreur qui nous environne
N'entens-tu que la voix de nos iniquitez ?
N'es-tu plus le Dieu qui pardonne ?

Tout le Chœur.

Où sont, Dieu de Jacob, tes antiques bontez ?

Une voix seule.

C'est à toy que dans cette guerre
Les fléches des Méchans prétendent s'adresser.
Faisons, disent-ils, cesser
Les Festes de Dieu sur la terre.
De son joug importun délivrons les Mortels.
Massacrons tous ses Saints. Renversons ses Autels.
Que de son Nom, que de sa gloire
Il ne reste plus de memoire.
Que ni lui, ni son Christ ne regnent plus sur nous.

Tout le Chœur.

Où ſont les traits que tu lances,
Grand Dieu, dans ton juſte courroux ?
N'es-tu plus le Dieu jaloux ?
N'es-tu plus le Dieu des vangeances ?

Une voix ſeule.

Triſte reſte de nos Rois,
Chere & derniere fleur d'une tige ſi belle,
Helas ! ſous le couteau d'une Mere cruelle
Te verrons-nous tomber une ſeconde fois ?
Prince aimable, dy nous, ſi quelque Ange au berceau
Contre tes Aſſaſſins prit ſoin de te défendre ;
Ou ſi dans la nuit du tombeau
La voix du Dieu vivant a ranimé ta cendre.

Une autre.

D'un Pere & d'un Ayeul contre toy revoltez,
Grand Dieu, les attentats lui ſont-ils imputez ?
Eſt-ce que ſans retour ta pitié l'abandonne ?

Le Chœur.

Où ſont, Dieu de Jacob, tes antiques bontez ?
N'es-tu plus le Dieu qui pardonne.

Une des Filles du Chœur sans chanter.

Cheres Sœurs, n'entendez-vous pas
Des cruels Tyriens la trompette qui sonne ?

SALOMITH.

J'entens même les cris des barbares soldats,
Et d'horreur j'en frissonne.
Courons, fuyons, retirons-nous
A l'ombre salutaire
Du redoutable Sanctuaire.

ACTE V.

SCENE PREMIERE.

ZACHARIE, SALOMITH, LE CHOEUR.

SALOMITH.

CHER Zacharie, hé bien ? Que nous apprenez-vous ?

ZACHARIE.

Redoublez au Seigneur vostre ardente priere.
Peut-estre nous touchons à nostre heure derniere.
Pour l'horrible combat, ma Sœur, l'ordre est donné.

SALOMITH.

Que fait Joas ?

ZACHARIE.

Joas vient d'estre couronné.
Le grand Prestre a sur lui répandu l'huile sainte.
O Ciel ! dans tous les yeux quelle joye estoit peinte
A l'aspect de ce Roy racheté du tombeau !
Ma Sœur, on voit encor la marque du coûteau.

On voit paroiſtre auſſi ſa fidelle Nourrice ;
Qui cachée en un coin de ce vaſte édifice
Gardoit ce cher depoſt, & n'avoit de ſes ſoins
Que les yeux de ma Mere, & que Dieu pour témoins.
Nos Lévites pleuroient de joie & de tendreſſe,
Et meſloient leurs ſanglots à leurs cris d'allegreſſe.
Lui, parmi ces tranſports, affable, & ſans orgueil,
A l'un tendoit la main, flattoit l'autre de l'œil,
Juroit de ſe regler par leurs avis ſinceres,
Et les appelloit tous ſes peres ou ſes freres.

SALOMITH.

Ce ſecret au dehors eſt-il auſſi ſemé ?

ZACHARIE.

Ce ſecret dans le Temple eſt encor renfermé.
Des Enfans de Lévi la troupe partagée
Dans un profond ſilence aux portes s'eſt rangée.
Tous doivent à la fois précipiter leurs pas,
Et crier pour ſignal, Vive le Roy Joas.
Mais mon Pere défend que le Roy ſe hazarde ;
Et veut qu'Azarias demeure pour ſa garde.
Cependant Athalie un poignard à la main
Rit des foibles rempars de nos portes d'airain.

Pour

Pour les rompre, elle attend les fatales machines,
Et ne respire enfin que sang & que ruines.
Quelques Prestres, ma Sœur, ont d'abord proposé
Qu'en un lieu soûterrain par nos peres creusé
On renfermast du moins nostre Arche prétieuse.
O crainte, a dit mon Pere, indigne, injurieuse!
L'Arche, qui fit tomber tant de superbes tours,
Et força le Jourdain de rebrousser son cours,
Des Dieux des Nations tant de fois triomphante,
Fuiroit donc à l'aspect d'une Femme insolente?
Ma Mere auprés du Roy, dans un trouble mortel,
L'œil tantost sur ce Prince, & tantost vers l'Autel,
Müette, & succombant sous le poids des allarmes,
Aux yeux les plus cruels arracheroit des larmes,
Le Roy de temps en temps la presse entre ses bras,
La flatte... Cheres Sœurs, suivez toutes mes pas.
Et s'il faut aujourd'hui que nostre Roy perisse,
Allons, qu'un même sort avec lui nous unisse.

SALOMITH.

Quelle insolente main frappe à coups redoublez?
Qui fait courir ainsi ces Lévites troublez?
Quelle précaution leur fait cacher leurs armes?
Le Temple est-il forcé?

ZACHARIE.

Dissipez vos allarmes;

Dieu nous envoye Abner.

SCENE II.

ABNER, JOAD, JOSABET, ZACHARIE, SALOMITH, ISMAEL, DEUX LEVITES, &c.

JOAD.

En croiray-je mes yeux,
Cher Abner? Quel chemin a pu jusqu'en ces lieux
Vous conduire au travers d'un camp qui nous assiege?
On disoit que d'Achab la Fille sacrilege
Avoit, pour assurer ses projets inhumains,
Chargé d'indignes fers vos genereuses mains.

ABNER.

Ouy, Seigneur, elle a craint mon zele & mon courage.
Mais c'est le moindre prix que me gardoit sa rage.
Dans l'horreur d'un cachot par son ordre enfermé,
J'attendois que le Temple en cendre consumé,

De tant de flots de ſang non encore aſſouvie
Elle vinſt m'affranchir d'une importune vie,
Et retrancher des jours, qu'auroit dû mille fois
Terminer la douleur de ſurvivre à mes Rois.

JOAD.

Par quel miracle a-t-on obtenu voſtre grace?

ABNER.

Dieu dans ce cœur cruel ſçait ſeul ce qui ſe paſſe.
Elle m'a fait venir, & d'un air égaré,
Tu vois de mes ſoldats tout ce Temple entouré,
Dit-elle. Un feu vangeur va le reduire en cendre.
Et ton Dieu contre moy ne le ſçauroit défendre.
Ses Preſtres toutefois, mais il faut ſe hâter,
A deux conditions peuvent ſe racheter:
Qu'avec Eliacin on mette en ma puiſſance
Un treſor, dont je ſçay qu'ils ont la connoiſſance,
Par voſtre Roy David autrefois amaſſé,
Sous le ſceau du ſecret au grand Preſtre laiſſé.
Va, dy leur, qu'à ce prix je leur permets de vivre.

JOAD.

Quel conſeil, cher Abner, croyez-vous qu'on doit ſuivre?

ABNER.

Et tout l'or de David, s'il eſt vray qu'en effet
Vous gardiez de David quelque treſor ſecret,
Et tout ce que des mains de cette Reine avare
Vous avez pu ſauver & de riche & de rare,
Donnez-le. Voulez-vous que d'impurs Aſſaſſins
Viennent briſer l'Autel, brûler les Cherubins,
Et portant ſur noſtre Arche une main temeraire,
De voſtre propre ſang ſoüiller le Sanctuaire?

JOAD.

Mais ſiéroit-il, Abner, à des cœurs genereux
De livrer au ſupplice un Enfant malheureux,
Un Enfant, que Dieu même à ma garde confie,
Et de nous racheter aux dépens de ſa vie?

ABNER.

Helas! Dieu voit mon cœur. Pluſt à ce Dieu puiſſant
Qu'Athalie oubliaſt un Enfant innocent,
Et que du ſang d'Abner ſa cruauté contente
Cruſt calmer par ma mort le Ciel qui la tourmẽte!
Mais que peuvent pour lui vos inutiles ſoins?
Quand vous perirez tous, en perira-t-il moins?
Dieu vous ordonne-t-il de tenter l'impoſſible?

Pour obeïr aux loix d'un Tyran inflexible,
Moïse par sa Mere au Nil abandonné,
Se vit, presque en naissant, à perir condamné.
Mais Dieu le conservant contre toute esperance,
Fit par le Tyran même élever son enfance.
Qui sçait ce qu'il reserve à vostre Eliacin,
Et si lui préparant un semblable destin,
Il n'a point de pitié déja rendu capable
De nos malheureux Rois l'homicide implacable?
Du moins, & Josabet, comme moy, l'a pu voir,
Tantost à son aspect je l'ay veû s'émouvoir.
J'ay veû de son courroux tomber la violence.
Princesse, en ce peril vous gardez le silence?
Hé quoy? Pour un Enfant, qui vous est estranger,
Souffrez-vous que sans fruit Joad laisse égorger
Vous, son Fils, tout ce peuple, & que le feu devore
Le seul Lieu sur la terre où Dieu veut qu'on l'adore?
Que feriez-vous de plus, si des Rois vos ayeux
Ce jeune Enfant estoit un reste prétieux?

JOSABET *tout bas à Joad.*

Pour le sang de ses Rois vous voyez sa tendresse.
Que ne luy parlez-vous?

JOAD.

Il n'eſt pas temps, Princeſſe.

ABNER.

Le temps eſt cher, Seigneur, plus que vous ne penſez.
Tandis qu'à me répondre icy vous balancez,
Mathan prés d'Athalie étincelant de rage
Demande le ſignal, & preſſe le carnage.
Faut-il que je me jette à vos ſacrez genoux?
Au nom du Lieu ſi ſaint, qui n'eſt ouvert qu'à vous,
Lieu terrible, où de Dieu la majeſté repoſe,
Quelque dure que ſoit la loy qu'on vous impoſe,
De ce coup impréveû ſongeons à nous parer.
Donnez-moy ſeulement le temps de reſpirer.
Demain, dés cette nuit, je prendray des meſures
Pour aſſûrer le Temple, & vanger ſes injures.
Mais je voy que mes pleurs & que mes vains diſcours
Pour vous perſuader ſont un foible ſecours.
Voſtre auſtere vertu n'en peut eſtre frappée.
Hé bien! Trouvez-moy donc quelque arme, quelque épée.

Et qu'aux portes du Temple, où l'Ennemi m'attēd,
Abner puisse du moins mourir en combattant.

JOAD.

Je me rends. Vous m'ouvrez un avis que j'embrasse.
De tant de maux, Abner, détournons la menace.
Il est vray de David un tresor est resté.
La garde en fut commise à ma fidelité.
C'estoit des tristes Juifs l'esperance derniere,
Que mes soins vigilans cachoient à la lumiere.
Mais puis qu'à vostre Reine il faut le découvrir,
Je vais la contenter, nos portes vont s'ouvrir.
De ses plus braves Chefs qu'elle entre accompagnée.
Mais de nos saints Autels qu'elle tienne éloignée
D'un ramas d'Estrangers l'indiscrette fureur.
Du pillage du Temple épargnez-moy l'horreur.
Des Prestres, des Enfans lui feroient-ils quelque ombre?
De sa Suite avec vous qu'elle regle le nombre.
Et quant à cet Enfant si craint, si redouté;
De vostre cœur, Abner, je connoy l'équité.
Je vous veux devant elle expliquer sa naissance.

Vous verrez, s'il le faut remettre en sa puissance,
Et je vous feray juge entre Athalie & lui.

ABNER.

Ah! je le prens déja, Seigneur, sous mon appuy.
Ne craignez rien. Je cours vers celle qui m'envoye.

SCENE III.

JOAD, JOSABET, ISMAEL, ZACHARIE, &c.

JOAD.

GRAND Dieu, voicy ton heure, on t'ameine ta proye.
Ismaël, écoutez. *

** Il lui parle à l'oreille.*

JOSABET.

Puissant Maistre des Cieux,
Remets lui le bandeau, dont tu couvris ses yeux,
Lors que lui dérobant tout le fruit de son crime,
Tu cachas dans mon sein cette tendre victime.

JOAD.

Allez, sage Ismaël, ne perdez point de temps.
Suivez de point en point ces ordres importans.
Sur tout, qu'à son entrée, & que sur son passage,
Tout d'un calme profond lui présente l'image.
Vous, Enfans, préparez un thrône pour Joas.

Qu'il s'avance ſuivi de nos ſacrez ſoldats.
Faites venir auſſi ſa fidelle Nourrice,
Princeſſe, & de vos pleurs que la ſource tariſſe.
Vous * dés que cette Reine yvre d'un fol orgueil
De la porte du Temple aura paſſé le ſeüil,
Qu'elle ne pourra plus retourner en arriere,
Prenez ſoin qu'à l'inſtant la trompette guerriere
Dans le camp ennemi jette un ſubit effroy.
Appellez tout le Peuple au ſecours de ſon Roy.
Et faites retentir juſques à ſon oreille
De Joas conſervé l'étonnante merveille.
Il vient.

** à un Lévite.*

SCENE IV.

JOAS, JOAD, JOSABET, TROUPES DE PRESTRES ET DE LEVITES, &c.

JOAD *continuë.*

LEVITES ſaints, Preſtres de noſtre Dieu.
Par tout, ſans vous montrer, environnez ce lieu.
Et laiſſant à mes ſoins gouverner voſtre zele,
Pour paroiſtre attẽdez que ma voix vous appelle. *
Roy, je croy qu'à vos vœux cet eſpoir eſt permis,

** Ils ſe cachent tous.*

Venez voir à vos pieds tomber vos ennemis.
Celle dont la fureur poursuivit vostre enfance
Vers ces lieux à grands pas pour vous perdre s'avance.
Mais ne la craignez point. Songez qu'autour de vous
L'Ange exterminateur est debout avec nous.
Montez sur vostre thrône, & ... Mais la porte s'ouvre.
Permettez un moment que ce voile vous couvre.*
Vous changez de couleur, Princesse ?

* Il tire un rideau.

JOSABET.

Ah ! sans pâlir
Puis-je voir d'assassins le Temple se remplir ?
Quoy ? Ne voyez-vous pas quelle nombreuse escorte...

JOAD.

Je voy, que du saint Temple on referme la porte,
Tout est en seûreté.

SCENE V.

ATHALIE, JOAS, *caché derriere le rideau.*

JOAD, JOSABET, ABNER,

SUITE D'ATHALIE.

ATHALIE *à Joad.*

Te voilà, Séducteur,
De ligues, de complots pernicieux auteur,
Qui dans le trouble seul a mis tes esperances,
Eternel ennemi des suprêmes puissances.
En l'appui de ton Dieu tu t'estois reposé.
De ton espoir frivole es-tu desabusé ?
Il laisse en mon pouvoir & son Temple & ta vie.
Je devrois sur l'Autel, où ta main sacrifie,
Te... Mais du prix qu'on m'offre il faut me contenter.
Ce que tu m'as promis songe à l'executer.
Cet Enfant, ce tresor, qu'il faut qu'on me remette,
Où sont-ils ?

JOAD.

Le rideau se tire.

Sur le champ tu ſeras ſatisfaite.
Je te les vais montrer l'un & l'autre à la fois.
Paroiſſez, cher Enfant, digne ſang de nos Rois.
Connois-tu l'heritier du plus ſaint des Monarques,
Reine? De ton poignard connois du moins ces marques.
Voilà ton Roy, ton Fils, le Fils d'Okoſias.
Peuples, & vous Abner, reconnoiſſez Joas.

ABNER.

Ciel!

ATHALIE *à Joad.*

Perfide!

JOAD.

Vois-tu cette Juive fidelle,
Dont tu ſçais bien qu'alors il ſuçoit la mammelle?
Il fut par Joſabet à ta rage enlevé.
Ce temple le receut, & Dieu l'a conſervé.
Des treſors de David voilà ce qui me reſte.

ATHALIE.

Ta fourbe à cet Enfant, Traiſtre, ſera funeſte.
D'un Fantoſme odieux, ſoldats, délivrez moy.

JOAD.

Soldats du Dieu vivant, défendez vostre Roy.

Ici le fond du Théatre s'ouvre. On voit le dedans du Temple, & les Lévites armez sortent de tous costez sur la Scene.

ATHALIE.

Où suis-je ? O trahison ! O Reine infortunée !
D'armes & d'ennemis je suis environnée.

JOAD.

Tes yeux cherchent en vain, tu ne peus échapper,
Et Dieu de toutes parts a sceu t'envelopper.
Ce Dieu que tu bravois, en nos mains t'a livrée.
Rends lui compte du sang dont tu t'es enyvrée.

ATHALIE.

Quoy ? La peur a glacé mes indignes soldats ?
Lâche Abner, dans quel piege as-tu conduit mes pas !

ABNER.

Reine, Dieu m'est témoin...

ATHALIE.

Laisse-là ton Dieu, Traistre,
Et vange-moy.

ABNER *se jettant aux pieds de Joas.*

Sur qui ? Sur Joas ! Sur mon Maistre !

ATHALIE.

Lui Joas ? Lui ton Roy ? Songez, Méchans, ſongez
Que mes armes encor vous tiennent aſſiegez.
J'entens à haute voix tout mon camp qui m'appelle.
On vient à mon ſecours. Tremblez, troupe rebelle.

SCENE VI.

ISMAEL, JOAS, JOAD, ATHALIE, &c.

ISMAEL *à Joad.*

SEIGNEUR, le Temple eſt libre, & n'a plus d'ennemis.
L'Eſtranger eſt en fuite, & le Juif eſt ſoûmis.
Comme le vent dans l'air diſſipe la fumée,
La voix du Tout-puiſſant a chaſſé cette Armée.
Nos Lévites, du haut de nos ſacrez parvis,
D'Okoſias au peuple ont annoncé le Fils,
Ont conté ſon enfance au glaive dérobée,
Et la fille d'Achab dans le piege tombée.
Partout en même temps la trompette a ſonné.
Et ſes ſons, & leurs cris dans ſon camp eſtonné
Ont répandu le trouble & la terreur ſubite,

Dont Gédéon frappa le fier Madianite.
Les Tyriens jettant armes & boucliers,
Ont par divers chemins disparu les premiers.
Quelques Juifs éperdus ont aussi pris la fuite.
Mais de Dieu sur Joas admirant la conduite
Le reste à haute voix s'est pour lui déclaré.
Enfin d'un même esprit tout le Peuple inspiré,
Femmes, vieillards, enfans, s'embrassant avec joye,
Benissent le Seigneur, & celui qu'il envoye.
Tous chantent de David le Fils ressuscité.
Baal est en horreur dans la sainte Cité.
De son temple profane on a brisé les portes.
Mathan est égorgé.

ATHALIE.

Dieu des Juifs, tu l'emportes!
Ouy, c'est Joas, je cherche en vain à me tromper.
Je reconnois l'endroit où je le fis frapper.
Je voy d'Okosias & le port, & le geste.
Tout me retrace enfin un sang, que je déteste.
David, David triomphe. Achab seul est détruit.
Impitoyable Dieu, toy seul as tout conduit.
C'est toy, qui me flattant d'une vangeance aisée,
M'a vingt fois en un jour à moy-même opposée,

Tantost pour un enfant excitant mes remors,
Tantost m'éblouïssant de tes riches tresors
Que j'ay craint de livrer aux flames, au pillage.
Qu'il regne donc ce Fils, ton soin, & ton ouvrage.
Et que pour signaler son empire nouveau
On lui fasse en mon sein enfoncer le couteau.
Voicy ce qu'en mourant lui souhaitte sa Mere.
Que dis-je souhaitter? Je me flatte, j'espere,
Qu'indocile à ton joug, fatigué de ta Loy,
Fidelle au sang d'Achab, qu'il a receû de moy,
Conforme à son Ayeul, à son Pere semblable,
On verra de David l'heritier déteſtable
Abolir tes honneurs, profaner ton Autel,
Et vanger Athalie, Achab, & Jézabel.

JOAD.

Qu'à l'instant hors du Temple elle soit emmenée,
Et que la sainteté n'en soit point profanée.
Allez, sacrez Vangeurs de vos Princes meurtris,
De leur sang par sa mort faire cesser les cris.
Si quelque audacieux embrasse sa querelle,
Qu'à la fureur du glaive on le livre avec elle.

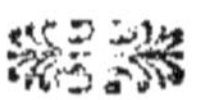

SCENE

SCENE VII.

JOAS, JOAD, JOSABET, ABNER, &c.

JOAS.

DIEU, qui voyez mon trouble & mon affliction,
Détournez loin de moy sa malédiction,
Et ne souffrez jamais qu'elle soit accomplie.
Faites que Joas meure, avant qu'il vous oublie.

JOAD *aux Lévites.*

Appellez tout le Peuple, & montrons lui son Roy.
Qu'il lui vienne en ses mains renouveller sa foy.
Roy, Prestres, Peuple, allons, pleins de reconnoissance,
De Jacob avec Dieu confirmer l'alliance,
Et saintement confus de nos égaremens,
Nous rengager à lui par de nouveaux sermens.
Abner, auprés du Roy reprenez vostre place.
Hé bien? de cette Impie a-t-on puni l'audace?

SCENE DERNIERE.

UN LEVITE, JOAS, JOAD, &c.

UN LEVITE.

LE fer a de ſa vie expié les horreurs.
Jéruſalem long-temps en proye à ſes fureurs,
De ſon joug odieux à la fin ſoulagée,
Avec joye en ſon ſang la regarde plongée.

JOAD.

Par cette fin terrible, & duë à ſes forfaits,
Apprenez, Roy des Juifs, & n'oubliez jamais,
Que les Rois dans le Ciel ont un Juge ſévere,
L'Innocence un Vangeur, & l'Orphelin un Pere.

FIN.

www.ingramcontent.com/pod-product-compliance
Lightning Source LLC
LaVergne TN
LVHW012015220826
846092LV00001B/356

* 9 7 8 2 3 2 9 7 7 2 9 0 5 *